THE
H•A•R•V•E•S•T

SHORT STORIES
BY
TOMAS RIVERA
BILINGUAL EDITION

EDITED
BY
JULIAN OLIVARES

This volume is made possible through grants from the National Endowment for the Arts, a federal agency, and the Texas Commission on the Arts.

Arte Publico Press
University of Houston
Houston, Texas 77004

Rivera, Tomás, 1935–1984
    The Harvest: stories/by Tomás Rivera.—Bilingual ed. / Edited, with translations by Julián Olivares.
        p. cm.
    English and Spanish.
    ISBN 0-934770-94-8 : $8.50
    PQ7079.2.R5H37   1988
    863—dc19   88-37945
                                                              CIP

The paper used in this publication meets the minimum requirements of the American National Standard for Permanence of Paper for Printed Library Materials Z39.48-1984.

LA COSECHA

CUENTOS
DE
TOMAS RIVERA

Edición con introducción y notas de

Julián Olivares

Contenido

Prólogo

Entre las mil y una canciones que la gran Celia Cruz ha grabado, "Su voz" sigue siendo, para el que esto escribe, la predilecta. ¿Por qué? Porque une una tonada de alegría y sentimiento que, al leer y releer lo de Tomás Rivera, me hace recordar la alegría del hombre y el sentimiento de este amigo desaparecido hace cosa ya de cinco años.

Sí, medio lustro ya, y parece mentira como este tiempo se nos haya escapado, para muchos de nosotros, casi insensiblemente. Y sí, alegría y sentimiento de ver que la presencia de Tomás Rivera sigue en marcha y en su puesto debido.

Pues bien, no mucho después de su muerte sorprendente, Concha Rivera y yo empezamos a revisar la biblioteca, gran parte de la correspondencia, así como las notas y fragmentos de su prosa narrativa. La búsqueda, ni hablar, se enfocaba en *La casa grande del pueblo*, ya que Tomás y yo habíamos hablado tanto sobre ella a través de los años. Unos días más tarde Frank Pino llegó desde San Antonio y se continuó con la tarea en esa búsqueda literaria.

Trabajamos allí, en el despacho amplio de Tomás, en lo que fue su casa como Canciller de la Universidad de California, Riverside. Lo encontrado fue de gran interés y sigue siéndolo, pero también nos vimos frustrados al no dar con *Casa*. Fragmentos, sí; capítulos o cuentos si se quiere, pero el o un manuscrito, no.

Para nuestra suerte, Julián Olivares, al año o más, y mucho más detenidamente también, hizo su labor con el mismo propósito. Bajo el ojo escrupuloso de Julián, los documentos de Tomás encontraron su debido sitio, y algunos la ordenación que aquí se publica.

De mi parte, y para la información de muchos, aprendimos que *Tierra* también había pasado cambios a manos de Tomás y, también importante, cambios por Quinto Sol, que resultaron de beneficio tanto para la obra como para Tomás. Cambios en ordenación de capítulos y de títulos (por ejemplo, en un tiempo, los meses del año, de enero a diciembre, eran los capítulos titulados). Esto suele ocurrir; no es una tragedia; es, simplemente, los consabidos trámites entre el escritor y la casa, y los cambios de cualquier escritor.

¿Existió el manuscrito de *Casa*? Las varias *curriculum vitae* de Tomás no aclaran el caso. Ojalá que sí esté por allí, pero obvio es que hasta la fecha lo que se ha encontrado es lo que tenemos en mano.

Aquí la voz de Tomás se presenta de nuevo tanto para los viejos como para los nuevos lectores. En su misma voz certera con su tinte y son de alegría a borde de sentimiento (que no, se repite nuevamente, de sentimentalismo), aparece en su español original que muchos conocimos por vez primera en *Tierra*. Ahora se oye de nuevo, en forma bilingüe, gracias a Julián Olivares.

Rolando Hinojosa

Introducción

Con la publicación de su novela . . . *y no se lo tragó la tierra*, Tomás
Rivera se destaca como uno de los mejores escritores de la literatura
chicana.[1] Su novela acrecienta los esfuerzos de escritores chicanos y atrae
mayor reconocimiento a la presencia creativa hispana de los Estados Unidos.
Mientras la novela de Rivera cuenta las experiencias de los obreros
migratorios chicanos, el tema se dedica a la búsqueda de la identidad por
parte de un adolescente. Funcionando como la conciencia central de la
obra—ora protagonista, ora narrador protagonista, ora narrador testigo o
como personaje que escucha pero no narra—el joven recupera su pasado,
descubre su historia y llega a encontrar su propio ser y afirmar su identidad
como persona colectiva. Al descubrir quién es, se aúna con su
pueblo. Mediante su búsqueda, el joven encarna y expresa la conciencia y
las experiencias colectivas de su sociedad.[2]

Tomás Rivera nace en Crystal City, Texas, el 22 de diciembre de
1935. A pesar de desventajas socio-económicas y tener que alternar sus
estudios con el trabajo migratorio, Rivera logra terminar sus estudios
colegiales en el mismo pueblo sureño en 1954. Las experiencias de su
nomadismo laboral las documentaría años más tarde en su novela. Mientras
tanto, el gran afecto que Tomás Rivera tiene por su gente y su preocupación
por la poca educación que hay para los méxicoamericanos lo
mueven a seguir una carrera de educador. Después de licenciarse en Educación,
en 1958, de la Universidad de Southwest Texas State, enseña
inglés y español en las escuelas secundarias de San Antonio, Crystal City
y League City. Vuelve a la universidad para seguir estudios graduados,
recibiendo la Maestría de Educación en 1964. Continúa sus estudios en la
Universidad de Oklahoma, donde se doctora en Literatura Española en
1969.

El ascenso de Rivera por los rangos profesoriales y puestos administrativos
universitarios es rápido y centelleante. Comenzando como Encargado
de Curso (Associate Professor) en la Universidad de Sam
Houston State in 1969, llega a ser en 1971 Catedrático de Español (Professor)
y Director de Lenguas Extranjeras de la Universidad de Texas, San
Antonio. Sólo cinco años después asume el cargo de Vice Presidente de
Administración de la misma. Deja este puesto en 1978 para tomar el cargo
de Vice Presidente Ejecutivo de la Universidad de Texas, El Paso. El año

siguiente es nombrado Canciller de la Universidad de California, Riverside, puesto que ocupará cinco años cuando morirá repentinamente.

El gran interés de Rivera en la educación, especialmente en la de las minorías, y sus muchas responsabilidades administrativas, dificultan su carrera literaria. Después de *tierra*, sólo alcanza a publicar cinco cuentos, dos de los cuales había excluido de su novela; un librillo de poesía en inglés, *Always and other poems* (*Siempre y otros poemas*); y otro manojo de poemas, incluso su poema épico "The Searchers" ("Los buscadores") en revistas literarias y antologías.[3] Rivera lleva varios años tratando de completar su segunda novela, *La casa grande del pueblo*, cuando fallece de un infarto cardíaco en Fontana, California, el 16 de mayo de 1984. Esta colección reúne estos cinco cuentos, más dos relatos que Rivera había excluido de su novela pero que habían permanecido inéditos. Estos relatos los descubrí en los Archivos Tomás Rivera de la Universidad de California, Riverside.

Los episodios o cuentos que Rivera omitió de *tierra*, y que luego publicó, son "El Pete Fonseca" y "Eva y Daniel". Los relatos inéditos son "La cosecha" y "Zoo Island", cuyo título primitivo fue "La vez que se contaron". Aunque podemos aducir varias razones por la exclusión de estos cuentos de *tierra*—razones que nada tienen que ver con su calidad— el factor determinante ha de ser el formato temporal-estructural de la novela.[4] Los cuentos restantes son "En busca de Borges", "Las salamandras" y "La cara en el espejo". Este último, publicado aparte, es el único relato que se ha podido encontrar de *La casa grande del pueblo*, aunque también existe un breve cuento introductorio pero que carece de los criterios formales del cuento.

Igual que los episodios de *tierra*, estos cuentos omitidos de la novela, tanto los publicados como los inéditos, se despliegan en el contexto de la experiencia migratoria. En los casos de "El Pete Fonseca" y "Eva y Daniel", esta experiencia sirve como marco de los temas y del retratamiento de los personajes. Contados desde el punto de vista del narrador testigo, los cuentos son tragedias amorosas: "El Pete Fonseca" de traición, y "Eva y Daniel" de lealtad y desesperanza ocasionadas por la muerte.

Central a "El Pete Fonseca" es la representación del *pachuco*. El cuento, narrado por un joven, tiene lugar en el estado de Iowa durante el ciclo migratorio. Ya para finales de la década de los 1940, la figura del pachuco había entrado en su ocaso y comenzaba a tomar rasgos mitológicos.[5] Esta naturaleza crepuscular del pachuco se expresa en la exposición del cuento con la apariencia de Pete:

Apenas llegó y ya se quería ir . . . Casi estaba oscuro cuando vimos un bulto que venía cruzando la labor (. . .) Se quitó la cachucha de pelotero y vimos que traía el pelo bien peinado con una onda bien hecha. Traía zapatos derechos, un poco sucios, pero se notaba que eran de buena clase. Y los pantalones casi eran de pachuco. Decía *chale* cada rato y también *nel* y *simón*, y nosotros por fin decidimos que sí era medio pachuco.

El joven se queda impresionado de la vestimenta y manera de hablar de Pete, y especialmente de su cortejo de la Chata, una desafortunada, abandonada por varios hombres, cada uno de los cuales la ha dejado, por lo menos, con un niño.

Cuando Pete se casa con la Chata y el matrimonio trabaja duro en los labores, ahorrando el dinero que ganan, la demás gente cree que el Pete se ha vuelto bueno. Implícito en la narración está el peligro de que el pachuco sea un modelo negativo para el narrador, pero Pete vuelve a las andadas, patentizando su carácter parasitario. Pete abandona a la Chata y le roba el carro que han comprado con sus ahorros. El cuento concluye como empezó, haciendo hincapié en el carácter amoral del pachuco:

Nosotros nomás nos acordamos de que apenas había llegado y ya se quería ir. Comoquiera, el Pete hizo su ronchita . . . Eso pasó allá por el '58. Yo creo que la Chata ya se murió, pero los hijos de ella ya serán hombres. El Pete, recuerdo que llegó como una cosa mala, luego se hizo buena, y luego mala otra vez. Yo creo que por eso se nos pareció como un bulto cuando lo vimos por primera vez.

En una conferencia inédita titulada "Critical Approaches to Chicano Literature and its Dynamic Intimacy" ("Aproximaciones críticas a la literatura chicana y su intimismo dinámico"),[6] Rivera descubre que la razón principal por la exclusión de "El Pete Fonseca" de su novela se debió a una directiva editorial que se inquietaba por la presentación derogativa del protagonista:

Todavía recuerdo "El Pete Fonseca", un cuento que formaba parte de *tierra*, pero que tuve que excluir. Tanto Herminio Ríos como Octavio Romano [editores de Quinto Sol] opinaban que Pete Fonseca, un tipo pachuco, se presentaba de una manera derogativa, lo cual perjudicaba la literatura chicana en aquella época (1970). Les concedí la razón . . . pero no pretendía ni pretendo asignar juicios morales. Unicamente quería presentarlo como un tipo amoral.

Además de la amoralidad de Pete Fonseca, el cuento hace referencia a su sífilis, su pasado de "chulo", o sea alcahuete, y plantea la posibilidad de una relación incestuosa entre la Chata y el tío de ella. Este retratamiento del pachuco Pete Fonseca no conformaba con el que se quería sacar en esta época formativa de la literatura chicana; más bien, se prefería una versión romantizada del pachuco como héroe chicano, rebelde y marginado de la sociedad.

Si "El Pete Fonseca" es un cuento de traición, "Eva y Daniel" es todo lo contrario. Es un cuento de amor y devoción. Como el cuento anterior, el punto de vista es el del narrador testigo, mas no sabemos quién es. "Eva y Daniel" nos da la sensación de surgir de la tradición folclórica, que es un cuento que todos los obreros migratorios conocen; y es esta tradición oral la que sirve de marco al cuento y la que recalca su tono trágico. Su fuente en la tradición oral se expone al comienzo: "Todavía recuerda la gente a Eva y Daniel. Eran muy parecidos los dos y la mera verdad daba gusto el verlos juntos". El que la gente guarde la historia de Eva y Daniel en su memoria colectiva y que la pareja sea joven y guapa—cumpliendo así con las características de novios legendarios— plantea presentimientos de un desenlace trágico, sensación acrecentada por el patrón popular de crear suspensión: "Pero la gente no los recuerda por eso".

Al enterarse de la complicación del embarazo de Eva, Daniel abandona el ejército en vísperas de ser mandado a la guerra coreana, pero llega tarde al lecho de Eva. Enloquecido y desesperado por la muerte de su mujer, Daniel no regresa al ejército. Pide fuegos artificiales por correo y trata de desahogar su pena iluminando los cielos, viendo en este resplandor una imagen de la gloria que ha perdido. Al volver al tiempo presente narrativo que inicia el cuento, notamos que Daniel sigue tronando cohetes. Es esta acción la que instala la anécdota de Eva y Daniel en la tradición folclórica. Cada vez que Daniel ilumina los cielos, la gente recuerda la historia trágica de Eva y Daniel. Y para aquéllos que no conozcan el significado de estos fuegos artificiales, la historia volverá a contarse.

En sus apuntes sobre la construcción del cuento, Tomás Rivera pone énfasis en los conflictos que, según él, todo cuento debe proponer: "Si no hay conflicto, no hay narración sino mera descripción. El conflicto o el problema de cada cuento es lo que nos interesa en el cuento. Entre más intrigante sea el conflicto, más se interesa el lector en el cuento. Existe en el hombre no sólo la sensibilidad vicaria de sentir a otro hombre en conflicto sino también la tendencia natural de querer saber la resolución de conflictos".[7] Rivera agrega que los conflictos son de tres tipos:

(1) Primeramente existe lo que se puede llamar el conflicto físico. Este conflicto existe entre el hombre y la naturaleza. Se incluye bajo este tipo de

conflicto el hombre contra lo que circunda al hombre, la propia fisionomía del hombre, el ambiente natural y físico. Sin embargo, se excluye aquí al otro hombre, aunque sea parte íntegra de la naturaleza.
(2) Existe el conflicto social. El conflicto social es un conflicto entre hombres. Este conflicto puede ser ideológico, físico o psicológico, pero implica desde luego la lucha entre hombres.
(3) Ultimamente existe el conflicto interno. Este tipo de conflicto es psicológico y ocurre dentro de algún personaje. Desde luego que el conflicto interno puede traer manifestaciones de conflictos sociales o naturales. Es por eso que es necesario comprender que el cuento puede contener los tres tipos de conflictos o dos en combinación o solamente uno. Sin embargo, siempre se eleva un tipo como el de mayor intención.

Si aplicamos estos tipos de conflicto a "El Pete Fonseca" y a "Eva y Daniel", notamos que en este último cuento destaca el tercer tipo de conflicto: el tormento psicológico que padece Daniel como resultado de la muerte de Eva. En "El Pete Fonseca" se manifiesta el conflicto social, pero de dos maneras. Primero, hay un conflicto social entre hombre y mujer: Pete engaña y se aprovecha de la Chata; segundo, hay un conflicto social entre Pete, el pachuco paria, y su pueblo, por lo cual se le censura a Pete su descuido de las normas y obligaciones de su sociedad. Como la Chata, el pueblo también fue engañado por Pete, creyendo que éste se había vuelto bueno. La conclusión del cuento afirma los valores de la sociedad y vuelve a marcar al Pete como paria. En los cuentos restantes, notaremos una combinación compleja de los conflictos designados por Rivera.

En "Las salamandras", "La cosecha" y "Zoo Island", la experiencia del ciclo migratorio viene a ocupar el primer plano. En los primeros dos, este ciclo transcurre dentro del ciclo más grande de vida, muerte y regeneración. "Zoo Island" presenta el esfuerzo de un grupo de familias de afirmar su existencia mediante el establecimiento de una comunidad.

Como en "El Pete Fonseca", el punto de vista de "Las salamandras" es el de un adulto que rememora una experiencia de su juventud; en este caso, el adolescente es el protagonista: "Lo que más recuerdo de aquella noche es lo oscuro de la noche, el lodo y lo resbaloso de las salamandras. Pero tengo que empezar desde el principio para que puedan comprender todo esto que sentí . . ." El cuento procede en dos niveles. El primero es el del nivel narrativo que relata el esfuerzo de una familia de encontrar trabajo por un período de tres días a través de los cuales el protagonista experimenta un sentimiento cada vez más profundo de enajenación. El protagonista logra superar esta enajenación—muerte en vida—cuando su familia se aviva mediante la matanza de las salamandras que han invadido su carpa. El segundo nivel consta de una relación simbólico-alegórica de un pueblo desposeído—desposesión experimentada en un sentido absoluto y metafísico. Por su reclamo de tierra, el pueblo tiene que emprender una lucha primordial contra la muerte. Al vencer la muerte, este pueblo logra su regeneración. "Las salamandras" es, quizás, el cuento más tenso, más provocante y más psicológicamente penetrante de esta colección. Es este cuento uno de los mejores de la ficción riveriana. Teniendo lugar durante un diluvio, que obliga a la familia de ir a la deriva en busca de trabajo, enmarcado entre un ciclo de ocaso, oscuridad y amanecer, el cuento se carga de una atmósfera bíblica, repleta de significado simbólico, y culmina con el encuentro con las salamandras en la lucha metafísica contra una muerte absoluta.[8] Este cuento combina todos los conflictos descritos por Rivera. He aquí el conflicto contra la naturaleza, he aquí el conflicto entre los obreros migratorios y la sociedad dominante, y, sobretodo, he aquí el conflicto interno y espiritual contra la muerte y la alienación. Este último es, quizás, el conflicto que "se eleva . . . de mayor intención".

"La cosecha" nos presenta un tema ausente en . . . y no se lo tragó la tierra. El título mismo de la novela nos advierte el conflicto entre hombre y naturaleza; la tierra es el antagonista del obrero migratorio. La tierra, además, representa el conflicto social de la novela, puesto que la tierra es una extensión económica y política de la sociedad dominante, con la cual la industria agrícola anglosajona subordina a los obreros chicanos. Esta industria, en el sentido literal, mantiene arrodillados a los chicanos. No obstante, un aspecto de la realidad chicana falta en *tierra*: el amor del campesino por la tierra. Desde el punto de vista de la estrategia ideológica que propone la novela, la expresión de este tema hubiera sido contraproducente.

El cuento tiene lugar en el norte donde los chicanos están para terminar la cosecha y volver a Texas. En la exposición lírica de la cosecha, se nota que el ciclo migratorio es parte del ciclo más grande de la naturaleza:

> Los últimos de septiembre y los primeros de octubre. Ese era el mejor tiempo del año. Primero, porque señalaba que ya se terminaba el trabajo y la vuelta a Texas. También había en el ambiente que creaba la gente un aura de descanso y muerte. La tierra también compartía de esta sensibilidad. El frío se venía más a menudo, las escarchas que mataban por la noche, por la mañana cubrían la tierra de blanco. Parecía que todo se acababa. La gente sentía que todo estaba quedando en descanso.

14

Mediante el motivo folclórico del tesoro escondido, el joven protagonista llega a descubrir otro tesoro: la revelación de pertenecer al ciclo trascendente de vida, muerte y regeneración. Contra el sentido de desarraigo producido, en gran parte, por el trabajo migratorio, se establece la conciencia firme del joven de ser parte de un mundo, el cual las fuerzas externas—el trabajo duro, la pobreza, el racismo, etc.—no pueden privarle. El amor y el sentimiento de continuidad, regeneración, que la tierra le enseña lo despiertan al amor a su gente y a la conciencia de su continuidad.

"Zoo Island" sigue con esta temática mediante el establecimiento de comunidad. La acción se da en el estado de Iowa donde los obreros migratorios están arrancando cardo de las labores y donde tienen que vivir en unos gallineros que el granjero ha convertido en viviendas. El joven protagonista amanece un día con las ganas de llevar a cabo lo que acaba de soñar: "José tenía apenas los quince años cuando un día despertó con unas ganas de contarse, de hacer un pueblo y de que todos hicieran lo que el decía".

Como en varios de los episodios de la novela de Rivera, en este cuento hay voces anónimas que sirven de narradores. De esta manera, mientras la trama trata del censo y de dar nombre al pueblo, las voces anónimas expresan el conflicto socio-ideológico. El primer diálogo expresa un queja contra los anglos, quienes se pasean en sus automóviles los domingos por la finca para ver a los chicanos, proceso que hace que éstos se sientan como monos de un zoológico.[9] El tercer diálogo, todavía expresando la discrepancia social entre los chicanos y los anglos, manifiesta el deseo de los chicanos de existir como comunidad. El censo los hace sentirse importantes, que *cuentan*; además, creen que son más que los habitantes del pueblo vecino:

"Fíjese, en el pueblito donde compramos la comida sólo hay ochenta y tres almas y, ya ve, tienen iglesia, salón de baile, una gasolinera, una tienda de comida y hasta una escuelita. Aquí habemos más de ochenta y tres, le apuesto, y no tenemos nada de eso. Si apenas tenemos la pompa de agua y cuatro excusados, ¿no?"

José y sus amigos llegan a un censo de ochenta y siete; en realidad, hay ochenta y seis, mas, como explica el narrador central, "salieron con la cuenta de ochenta y siete porque había dos mujeres que estaban esperando, y a ellas las contaron por tres".

Luego se le ocurre a José que don Simón no consta en el censo. Cuando los jóvenes lo entrevistan, éste los deja primero con una revelación—"Bueno, si vieran que me gusta lo que andan haciendo ustedes. Al contarse uno, uno empieza todo. Así sabe uno que no sólo está sino que es"—y luego les da el nombre de su pueblo: "¿Saben cómo deberían ponerle a este rancho? . . . Zoo Island". El día siguiente todas las personas de la comunidad sacan su foto al lado del letrero que los jóvenes han puesto en la entrada de la finca: "Decía: Zoo Island, Pop. 88 ^{1}/2. Ya había parido una de las señoras".

En el establecimiento de esta comunidad, José, quien quería fundar un pueblo donde todos hicieran lo que él mandara, llega a darse cuenta que los valores de la comunidad prevalecen sobre los del individuo. Al concluir el cuento, en su orgullo y alegría de ser parte del pueblo, percibimos que José ha superado su yo.[10]

Urge notar que "Zoo Island" no es un nombre autodespreciativo; al contrario, es un signo transparente a través del cual dos sociedades se miran y se juzgan. Desde su perspectiva fuera del pueblo nuevo, los anglos percibirán el letrero como la designación de sus habitantes como monos; mas no se darán cuenta de que, con este signo, los chicanos los han marcado a ellos irónicamente. Desde el otro lado del letrero, desde la perspectiva del pueblo, los habitantes verán a los espectadores como inhumanos. "Zoo Island" es un signo a la vez de comunidad y protesta. Dentro del pueblo habitan "almas".

El tema de la muerte, presente en buena parte de la obra de Rivera, suele tener dos manifestaciones, a menudo unidas. Una es la muerte de un miembro de la familia o de la comunidad chicana; la otra es la muerte misma, la que Rivera llama "la muerte original", como en "Las salamandras". La lucha con la muerte, en el sentido absoluto, se emprende para afirmar la existencia y la continuidad de la raza, el pueblo chicano.[11] La muerte del individuo es parte de esta lucha, puesto que el autor implícito de Rivera le urge a su gente a no olvidar a los muertos.

El cuento "La cara en el espejo", de la novela inconclusa de Rivera, *La casa grande del pueblo*, trata del efecto que la muerte tiene en la psiquis del joven protagonista, Enrique. Como sugiere el título de la novela, y como lo da a entender el cuento, parece que Rivera quería representar a una comunidad chicana, cuyos miembros viven todos en una casa grande. Aquí la casa grande sería un símbolo de esa comunidad, cuyos residentes son ochenta y seis, casi igual que los de "Zoo Island".

En este cuento, la ventana sirve para dar entrada al lector a la casa y luego para dar acceso a la mente de Enrique: "Esa ventana me hace que me sienta como que puedo ver dos veces . . . Seguramente, por la noche, si vieran por las ventanas hacia dentro, no podrían distinguir la ventana. Un cuadro gris, que ve hacia dentro". La narración en primera persona es un largo monólogo interior que se desarrolla en la mañana mientras Enrique permanece en cama contemplando una experiencia extraña. De cuando en cuando, una voz anónima interrumpe el monólogo, diciéndole a Enrique que se levante: "Andale, levántate". Este motivo sirve de recurso irónico cuando es Enrique quien le urge a su amigo muerto, Chuy, que se levante: "Despierta, Chuy, no estés jugando". El estremecimiento que experimenta Enrique en la conclusión no sólo demuestra el choque que le ha producido la muerte, sino que también indica que la muerte es un rito—en el caso de Enrique, un rito de pasaje—que solidifica a la comunidad mediante el recuerdo de los muertos.

"En busca de Borges", el último cuento, es completamente diferente de los otros cuentos de la colección. No encontramos en este cuento ni la experiencia migratoria ni una realidad concreta, inclusive la chicana. En un estilo borgeano, onírico y enigmático, el cuento trata de una persona que, siguiendo el consejo de Borges, busca la verdad en cada palabra, en cada libro, en cada biblioteca—un tema familiar a todo lector de Borges. La conclusión no deja lugar a dudas de que el cuento es una parodia. Mediante su imitación de Borges, Rivera nos presenta una parábola anti-borgeana.En su obra, Borges insiste en la futilidad de encontrar una verdad absoluta en el mundo. Esta creencia lo mueve a burlarse de las varias teorías filosóficas de la vida, lo cual suele realizar en sus cuentos mediante la explotación de dichas filosofías. Lo que le atrae a Borges no es la teoría filosófica en sí sino su realización estética, una deliciosa ficción. Como sus bibliotecas, los cuentos de Borges constan de mundos herméticos repletos de elementos autorreferenciales que pocas veces remiten a la realidad en que vivimos. Con su parábola, Rivera nos propone un *ars poetica* que se opone al nihilismo de Borges. Parece que Rivera cree (como también han creído varios otros) que las "ficciones" de Borges tratan la vida en lo abstracto, sin referencia a las verdades de los problemas humanos y de las realidades sociales.[12] Rivera, en su parodia, revela una filosofía de compromiso social.[13]

Escribí tierra *porque era chicano y soy chicano. Esto nunca podrá ser negado, olvidado, renegado de ahora en adelante. Escogí crear y, sin embargo, no tenía idea del efecto de esa creación.*[14]

En estas escuetas y profundas palabras de Tomás Rivera, podemos entrever casi todas las razones por la creación de la literatura chicana. Primero, Rivera escribió *tierra*, y estos cuentos, porque era chicano. Rivera menciona que en su juventud jamás encontró al chicano en la literatura americana; por lo tanto, el chicano no existía, la raza era invisible. En 1958 ocurre un suceso en la vida de Rivera que ha de determinar su carrera de escritor: descubre y lee *"With His Pistol in His Hand," A Border Ballad and Its Hero* de don Américo Paredes.[15] Con su lectura del análisis cultural de Paredes acerca del héroe folclórico Gregorio Cortez y los corridos escritos sobre él, se da cuenta Rivera de que, primero, la literatura de su pueblo tiene que escribirse desde el punto de vista chicano, es decir, tiene que ser escrito por chicanos—¿quién más pudiera escribir de la experiencia chicana sino el chicano mismo?—; y segundo, que con "chicano" se designa no sólo un grupo étnico sino también una clase social: la clase obrera. La designación de clase, a su vez, determina la postura ideológica y la transmisión artística de su literatura: por una parte, la afirmación de sus propios valores y el reclamo de justicia ante la supresión social anglosajona, y, por otra, el folclor y la tradición oral.[16] Estos dos fenómenos informan los corridos de Gregorio Cortez. De ahí que las pocas representaciones de los chicanos que había en la literatura americana a menudo eran incompletas, falaces y a menudo distorsionadas, escritas por no chicanos.

Podemos notar, pues, en la citada afirmación, que Rivera sentía no sólo una necesidad literaria sino, sobretodo, una obligación ética de escribir de su gente, de documentar su experiencia colectiva, y de esta manera afirmar su existencia. Para lograr esta documentación y creación, decide escribir de la gente que conoce profundamente, con la cual está ligado ideológica y socialmente: los obreros migratorios.[17] De esta manera toda su gente ahora puede leer de sí misma, puede encontrarse representada en la literatura. Y los que conocen la experiencia migratoria pueden decir: "Sí, así era". Y los que no la conocen la pueden hacer suya. Es decir, la experiencia de los obreros migratorios es sólo una de las muchas experiencias del pueblo chicano. La experiencia migratoria, tal como la representa Rivera, tiene una relación metonímica con toda la existencia chicana.

Debido a los esfuerzos de escritores como Rivera, el chicano se representa en la literatura; se encuentra *inventado* en la literatura, *creado* de manera que sea reconocible, real, verdadero. Para Rivera, la literatura tiene que decir algo; no es sólo una invención abstracta de la mente, una sopa borgeana de palabras. Por lo tanto, a través de una representación literaria realista, los chicanos cobran existencia. Así el chicano puede leer las obras de Rivera y decir: "Está hablando de nosotros". Y por fin, todo el pueblo americano puede leer del chicano y conocer sus experiencias, porque el chicano ha llegado a representarse en la literatura americana.

Lengua y cultura

Salvo el último cuento, "En busca de Borges" (cuyo estilo y lenguaje deben compararse con los otros cuentos), todos los cuentos tratan la vida de los obreros migratorios chicanos, cuyo hogar y base de migración es el sur de Texas. Es esta una sociedad rural cuya lengua popular y tradición oral siguen preservadas en sus varias actividades sociales, en periódicos, revistas y, últimamente, en libros. En el contexto histórico de los cuentos, las oportunidades de educación eran (y todavía son) escasas; y aún así la educación pública se daba exclusivamente en inglés y se les prohibía hablar español en las escuelas. La lengua de este pueblo retratado no sólo indica su clase social sino que también refleja, a la vez, su asimilación y su rechazo de la cultura americana.

Tomás Rivera, quien nació en esta sociedad y pasó gran parte de su juventud yendo "a la pizca", labrando en la cosecha, nos ofrece un retrato fidedigno de la vida y experiencias de su pueblo. Este retratamiento se realiza cabalmente en los monólogos y diálogos en que, además de la representación fiel de la realidad social y psicológica, Rivera les da a sus personajes—aunque sean anónimos—una profunda dimensión humana y universal en la captación de su habla particular. El espacio geográfico, cultural y psicológico de los personajes se logra plasmar magistralmente, en gran parte, debido a la atención minuciosa que Rivera pone en la representación de su habla. Pongamos, por ejemplo, este monólogo de "Las salamandras", comentado en la introducción, donde el joven padece de una crisis de enajenación:

> En la madrugada desperté y todos estaban dormidos, y podía verles los cuerpos y las caras a mi 'apá, a mi 'amá y a mis hermanos, y no hacían ruido. Eran caras y cuerpos de cera. Me recordaron a la cara de 'buelito el día que lo sepultamos. Pero no me entró miedo como cuando lo encontré muerto a él en la troca. Yo creo porque sabía que estaban vivos. Y por fin amaneció completamente. (énfasis mío)

La aféresis de "(p)apá", "(m)amá" y "(a)buelito" no sólo nos identifica al narrador como niño sino que también nos lo contextualiza dentro de una sociedad rural de clase trabajadora, ya que este tipo de aféresis es común al habla de niños campesinos. Con este realismo lingüístico, pues, Rivera pone de manifiesto la inocencia del narrador para así recalcar una crisis psicológica causada por la indiferencia y hasta el odio de la sociedad anglosajona. El préstamo inglés de "troca" (camión) nos indica el ambiente bicultural del protagonista y de su familia, en el cual están sujetos a una tensión de asimilación-rechazo.

Algunos ejemplos del habla popular son: "pos" (pues), "papases" (papás), "ojalá y" (ojalá que); rasgos morfológicos verbales: "quedrá" (querrá), "vites" (viste), "jueran" (fueran, aspiración); prótesis: "abajó" (bajó); apócope: "pa" (para); asimilación: "agüelito" (abuelito). Los préstamos ingleses incluyen "troca" (< *truck* = camión, camioneta), "pompa" (< *pump* = bomba), "yarda" (< *yard* = solar), "dompe" (< *dump* = basurero). Estos préstamos, y cualquier otro del inglés al español, se deben a la consecuencia natural de contacto lingüístico y social entre dos culturas, y no han de tomarse como evidencia de decadencia o contaminación del idioma. Los préstamos son a la vez signos de aculturación y resistencia, puesto que, si por una parte manifiestan la penetración de la cultura americana en el español del chicano, por otra demuestran la subordinación del inglés a la gramática y fonología españolas.[18]

En un caso se da un ejemplo de *code switching*, o sea que en el discurso español se introducen palabras o expresiones en inglés sin asimilarlas al español mediante cambios morfológicos. Este caso es "Zoo Island", del título del cuento que comentamos en la introducción. Aunque las razones del "code switching" son múltiples, en el discurso literario la razón es frecuentemente retórica, la cual es motivada por propósitos ideológicos y con intención valorativa:[19] "¿Saben cómo deberían ponerle a este rancho? . . . Zoo Island". El nombre de la comunidad chicana se da en inglés para que la población anglosajona lo "entienda", sólo que esta gente no comprenderá el contenido ideológico del signo. Con el "code switching", el pueblo chicano declara su solidaridad y superioridad: los humanos son los chicanos, las bestias los fisgones anglosajones.

La edición

En la bibliografía y notas doy la publicación de los cuentos y los reimpresos, registrando, además, las variantes entre la primera publicación y las subsiguientes. Muchas de las variantes se encuentran entre las varias publicaciones del cuento "Las salamandras". En algunos cuentos he cambiado o añadido a la puntuación para aclarar el sentido o facilitar la lectura. No registro todos los casos donde, por ejemplo, he colocado una coma; por lo tanto, esta edición no pretende ser rigurosa.

La mayoría de mi trabajo editorial se dedicó a la redacción de los cuentos inéditos, "La cosecha" y "Zoo Island". Estos cuentos los encontré intactos, y sólo faltaban pulirse mediante cambios de puntuación, la división de párrafos y la intercalación de algunos sustantivos (sujetos no declarados) para aclarar el sentido, los cuales van entre corchetes.

Agradezco al National Endowment for the Humanities y a la Universidad de Houston las becas que me permitieron realizar mis investigaciones en los Archivos Tomás Rivera de la Universidad de California, Riverside, y que hicieron posible la edición de sus cuentos completos. También agradezco la amena ayuda del Sr. Armand Martínez-Standifird, archivista de los documentos de Tomás Rivera, y, sobretodo, le agradezco a la Sra. Concepción Rivera su apoyo entusiasta de este proyecto.

Julián Olivares

Notas

[1]Tomás Rivera, . . . *y no se lo tragó la tierra/.* . . *and the earth did not part*, Tomás Rivera, Herminio Ríos, Octavio I. Romano-V., Trans. (Berkeley: Quinto Sol Publications, Inc., 1971); . . . *y no se lo tragó tierra/.* . . *and the earth did not devour him*, Evangelina Vigil-Piñón, Trans. (Houston: Arte Publico Press, 1987).

[2]Véase Rafael Grajeda, "Tomás Rivera's . . . *y no se lo tragó la tierra*: Discovery and Appropriation of the Chicano Past", *Hispania* 62.1 (1970): 71–81, reimpreso en *Modern Chicano Writers*, Joseph Sommers and Tomás Ybarra-Frausto, Eds. (Englewood Cliffs, NJ.: Prentice-Hall, 1979): 74–85; Joseph Sommers, "From the Critical Premise to the Product, Critical Modes and their Applications to a Chicano Literary Text," *New Scholar* 6 (1977): 67–75; reimpreso en *Modern Chicano Writers*, 31–40; y Julián Olivares, "The Search for Being, Identity and Form in the Work of Tomás Rivera", *International Studies in Honor of Tomás Rivera*, Julián Olivares, Ed. (Houston: Arte Publico Press, 1986 [*Revista Chicano-Riqueña* 13.3-4, 1985]): 66–72.

[3]*Always and other poems* (Sisterdale, Texas: Sisterdale Press, 1973); "The Searchers", *Ethnic Literature Since 1776*, I (Lubbock: Texas Tech Comparative Studies, 1977): 24–30.

[4]Hay doce episodios que corresponden a los meses del año, enmarcados de otros dos episodios que sirven de exposición—"El año perdido"/"The Lost Year"—y conclusión—"Debajo de la casa"/"Beneath the House". El título original del último es "El año encontrado". Un índice primitivo de la novela, en los Archivos Tomás Rivera, da los meses que corresponden a cada episodio.

[5]Véase Arturo Madrid-Barela, "In Search of the Authentic Pachuco: An Interpretive Essay", *Aztlan* 4.1 (1974): 31–60; Lauro Flores, "La Dualidad del Pachuco", *Revista Chicano-Riqueña* 6.4 (1978): 51–58; Rafael Grajeda, "The Pachuco in Chicano Poetry: The Process of Legend-Creation", *Revista Chicano-Riqueña* 8.4 (1980): 45–59. Para el tiempo de la acción de "El Pete Fonseca", véase la nota 14 de la "Bibliografía y notas".

[6]Presentada en el congreso de la Modern Language Association, San Francisco, diciembre de 1975. La cita que sigue en el texto es traducción mía.

[7]Inéditos, en los Archivos Tomás Rivera.

[8]En el cuento, las salamandras—con su negrura y el líquido lácteo que exudan de sus cuerpos—parecen simbolizar la dualidad de vida y muerte. Esta dualidad se genera en el texto. Según la mitología azteca, la salamandra, o *axolote*, simboliza el bien y el mal, vida y muerte, tierra y agua. Consciente de estos valores simbólicos, Alurista, por ejemplo, introduce la salamandra en su poema "Trópico de ceviche" (*Nationchild Plumaroja* en *Return: Poems Collected and New* [Ypsilanti, MI.: Bilingual Press/Editorial Bilingüe, 1982]: 72–75); y Octavio Paz la utiliza como título de un libro de poesía, *Salamandra*. En la obra de Rivera

no aparecen los motivos indigenistas que caracterizan mucha de la literatura chicana de las décadas de los '60 y '70.

[9]El lector encontrará una semejanza entre este diálogo y un pasaje de "Es que duele"/"It's that it hurts", de la novela *tierra*.

[10]Una experiencia semejante se expresa en el último episodio de *tierra*, "Debajo de la casa"/"Beneath the house".

[11]Véase también "The Searchers".

[12]Razón por la cual el comité del Premio Nobel jamás le otorgó a Borges el Premio Nobel de Literatura.

[13]En la correspondencia que acompañó este cuento, submitido para el número inaugural de *Revista Chicano-Riqueña*, Rivera le dice al editor Nicolás Kanellos que "Looking for Borges" fue el producto de un curso de literatura creativa que dio en la Universidad de Texas, San Antonio, y que lo escribió como ejemplo y estímulo para sus estudiantes. Aunque el cuento se publica primero en inglés, igual que "El Pete Fonseca", es posible que Rivera lo haya escrito originalmente en español. El editor de la revista *Caracol*, en su nota al cuento "Salamandra", menciona que Rivera le había dicho en una conversación telefónica que "all his prose is written in Spanish. The only things that come out in English are some of his poems", *Caracol* 1.6 (febrero 1975): 16. Sommers afirma que, además de la influencia de Juan Rulfo, innegable, hay una influencia de Borges en *tierra*: "What needs to be affirmed is that Rivera's knowledge of the themes and techniques of writers such as Borges and Rulfo is deployed so as to meet the challenge of his literary project, involving the narration and interpretation of rural Chicano existence, as understood by the author in 1970. Thus the thematic cluster found in Borges which posits the inseparability of the subjective from the objective, the difficulty of finding truth in empirical data when the casual explanation is located in the mind of the investigator, and the vulnerability of logic and reason to the more profound categories of the subconscious and the instinctive, marks the point of departure of Rivera's novel. The boy, like a character in Borges, is immersed in the mystery of self-consciousness, the origin of the thought process and the fallibility of memory. The answers, it seems to him, are locked up in his own being, in his own incapacity to separate dream from reason and to order the past. But the process of the novel, which is the narration of experienced Chicano reality and the struggle to recuperate fragmented time, is Rivera's finding of a way out of the perplexities and the labyrinthine dilemma posed by Borges" (76). La presencia de Borges por un año en la Universidad de Oklahoma durante la época en que Rivera estudiaba allí explica, en parte, su influencia literaria en el escritor chicano. No obstante, como señala Sommers, el énfasis en la realidad experimentada y su fe en la capacidad de la memoria y la voluntad de dar sentido a la vida apartan a Rivera del pesimismo borgeano (véase Tomás Rivera, "Recuerdo, descubrimiento y voluntad en el proceso imaginativo literario", *Atisbos, Journal of Chicano Research* I [1975]: 66–76). Para Rivera, sí hay verdades, pero sólo se encuentran en las realidades de la condición humana y a través del compromiso social de la literatura. La última frase del cuento, con toda probabilidad añadida después de su publicación en inglés (véase "En busca de Borges" en la biblio-

grafía), recalca que Rivera ya se ha apartado definitivamente de la ética borgeana.

[14]"I wrote *tierra* because I was a Chicano and am a Chicano. This can never be denied, obliterated or reneged from now on. I chose to create and yet I had no idea of the effect of that creation", Rivera, "Chicano Literature: Dynamic Intimacy".

[15]Américo Paredes, *"With His Pistol in His Hand,"* A Border Ballad and Its Hero (Austin: University of Texas Press, 1958). En cuanto al descubrimiento y el impacto del libro de Paredes en Rivera, véase su entrevista con Bruce-Novoa, "Tomás Rivera," *Chicano Authors: Inquiry by Interview* (Austin: University of Texas Press, 1980): 150–51.

[16]El análisis cultural de gran parte de la literatura chicana es, como afirma Sommers, incompleta si no se tiene en cuenta el concepto de la clase social: "the all-important factor of class [is] a factor which shapes and influences the process by which cultural expression is generated. For example, the experience of the migratory cycle is fundamental to the cultural content of . . . *y no se lo tragó la tierra.* However, to understand this cultural content in its genesis and its full import as a series of responses to the problems of adversity, it is necessary to account for the particular nature of the migratory cycle. Because the structure of the food and textile industries in the United States require special seasonal forms of agricultural production, the migratory labor system is not merely tolerated, but imposed on a large segment of Mexican-descended population. Were this system of exploitation to disappear, new forms of cultural expression would soon manifest themselves, as indeed has been the case when rural Chicano population has gravitated to urban areas in search of improved social conditions" (68). Para una discusión detallada sobre la relación entre clase social y cultura, véase también a Juan Gómez-Quiñones, "On Culture", *Revista Chicano-Riqueña* 5.1 (1977): 29–47.

[17]En su *curriculum vitae* (27 de marzo, 1984), Rivera anota: "Up to the time I started my teaching career [1957], I was part of the migrant labor stream that went from Texas to various parts of the Midwest. I lived and worked in Iowa, Minnesota, Wisconsin, Michigan, and North Dakota", Archivos Tomás Rivera.

[18]Rosaura Sánchez, *Chicano Discourse: Socio-historic Perspectives* (Rowley, MA.: Newbury House Publishers, Inc., 1983): 127.

[19]Sánchez, 171–72.

Las salamandras

Lo que más recuerdo de aquella noche es lo oscuro de la noche, el lodo y lo resbaloso de las salamandras. Pero tengo que empezar desde el principio para que puedan comprender todo esto que sentí y también de que, al sentirlo, comprendí algo que traigo todavía conmigo. Y no lo traigo como recuerdo solamente, sino también como algo que siento aún.

Todo empezó porque había estado lloviendo por tres semanas y no teníamos trabajo. Se levantó el campamento, digo campamento porque eso parecíamos. Con ese ranchero de Minesora habíamos estado esperando ya por tres semanas que se parara el agua, y nada. Luego vino y nos dijo que mejor nos fuéramos de sus gallineros porque ya se le había echado a perder el betabel. Luego comprendimos yo y mi 'apá que lo que tenía era miedo de nosotros, de que le fuéramos a robar algo o de que alguien se le enfermara y entonces tendría él que hacerse el responsable. Le dijimos que no teníamos dinero, ni qué comer, y ni cómo regresarnos a Texas; apenas tendríamos con que comprar gasolina para llegarle a Oklahoma. Y él nomás nos dijo que lo sentía pero quería que nos fuéramos, y nos fuimos. Ya para salir se le ablandó el corazón y nos dio dos carpas llenas de telarañas que tenía en la bodega y una lámpara y kerosín. También le dijo a 'apá que, si nos íbamos rumbo a Crystal Lake en Iowa, a lo mejor encontrábamos trabajo en la ranchería que estaba por allí, y que a lo mejor no se les había echado a perder el betabel. Y nos fuimos.[1]

En los ojos de 'apá y 'amá se veía algo original y puro que nunca les había notado. Era como cariño triste. Casi ni hablábamos al ir corriendo los caminos de grava. La lluvia hablaba por nosotros. Ya al faltar algunas cuantas millas de llegar a Crystal Lake, nos entró el remordimiento. La lluvia que seguía cayendo nos continuaba avisando que seguramente no podríamos hallar trabajo, y así fue. En cada rancho que llegamos, nomás nos movían la cabeza desde adentro de la casa, ni nos abrían la puerta para decirnos que no. Entonces me sentía que no era parte ni de 'apá ni de 'amá, y lo único que sentía que existía era el siguiente rancho.

El primer día que estuvimos en el pueblito de Crystal Lake nos fue mal. En un charco se le mojó el alambrado al carro y papá le gastó la batería al carro. Por fin un garage nos hizo el favor de cargarla. Pedimos trabajo en varias partes del pueblito pero luego nos echó la chota.[2] Papá le explicó que sólo andábamos buscando trabajo pero él nos dijo que no quería húngaros[3] en el pueblo y que nos saliéramos. El dinero ya casi se nos había acabado, y nos fuimos.[4] Nos fuimos al oscurecer y paramos el carro a unas tres millas del pueblo, y allí vimos el anochecer.[5]

La lluvia se venía de vez en cuando. Sentados todos en el carro a la orilla del camino, hablábamos un poco.[6] Estábamos cansados. Estábamos solos.[7] En los ojos de 'apá y 'amá veía algo original. Ese día no habíamos comido casi nada para dejar dinero para el siguiente día. Ya 'apá se veía más triste, agüitado. Creía que no íbamos a encontrar trabajo. Y nos quedamos dormidos sentados en el carro esperando el siguiente día. Casi ni pasaron carros por ese camino de grava durante la noche.[8]

En la madrugada desperté y todos estaban dormidos, y podía verles los cuerpos y las caras a mi 'apá, a mi 'amá y a mis hermanos, y no hacían ruido. Eran caras y cuerpos de cera. Me recordaron a la cara de 'buelito el día que lo sepultamos. Pero no me entró miedo como cuando lo encontré muerto a él en la troca. Yo creo porque sabía que estaban vivos. Y por fin amaneció completamente.

Ese día buscamos trabajo todo el día, y nada. Dormimos en la orilla del camino y volví a despertar en la madrugada y volví a ver a mi gente dormida.[9] Pero esa madrugada me entró un poco de miedo. No porque se veían como que estaban muertos, sino porque ya me empezaba a sentir que no era de ellos.

El día siguiente buscamos trabajo todo el día, y nada. Dormimos en la orilla del camino y volví a despertar en la madrugada y volví a ver a mi gente dormida.[10] Y esa madrugada, la tercera, me dieron ganas de dejarlos a todos porque ya no me sentía que era de ellos.

A mediodía paró de llover y nos entró ánimo. Dos horas más tarde encontramos a un ranchero que tenía betabel y a quien, según creía él, no se le había echado a perder lacosecha. Pero no tenía casas ni nada. Nos enseñó los acres de betabel que tenía y todo estaba por debajo del agua, todo enlagunado. Nos dijo que, si nos esperábamos hasta que se bajara[11] el agua para ver si no estaba echado a perder, y si estaba bien el betabel, nos pagaría bonos por cada acre que le preparáramos.[12] Pero no tenía casas ni nada. Nosotros le dijimos que teníamos unas carpas y que, si nos dejaba, podríamos sentarlas en su yarda. Pero no quiso. Nos tenía miedo. Nosotros lo que queríamos era estar cerca del agua de beber que era lo necesario, y también ya estábamos cansados de dormir sentados, todos entullidos, y claro que queríamos estar debajo de la luz que tenía en la yarda. Pero no quiso, y nos dijo que, si queríamos trabajar allí, que pusiéramos las carpas al pie de la labor de betabel y que esperáramos allí hasta que se bajara el agua. Y pusimos las carpas al pie de la labor de betabel, y nos pusimos a esperar.[13]

Al oscurecer prendimos la lámpara de kerosín en una de las carpas y luego decidimos dormir todos en una sola carpa. Recuerdo que todos nos sentíamos a gusto al poder estirar las piernas, y el dormirnos fue fácil. Luego lo primero que recuerdo de esa noche y lo que me despertó fue el sentir lo que yo creía que era la mano de uno de mis hermanos, y mis propios gritos. Me quité la mano de encima y luego vi que lo que tenía en la mano yo era una salamandra.[14] Estábamos cubiertos de salamandras que habían salido de lo húmedo de las labores, y seguimos gritando y quitándonos las salamandras del cuerpo. Con la ayuda de la luz de kerosín, empezamos a matar las salamandras. De primero nos daba asco porque al aplastarlas les salía como leche del cuerpo, y el piso de la carpa se empezó a ver negro y blanco. Se habían metido en todo, dentro de los zapatos, en las colchas . . .[15] Al ver fuera de la carpa con la ayuda de la lámpara, se veía todo negro el suelo. Yo realmente sólo las veía como bultitos negros que al aplastarlos les salía leche. Luego parecía que nos estaban invadiendo la carpa, como que querían reclamar el pie de la labor. No sé por qué matamos tantas salamandras esa noche. Lo fácil hubiera sido subirnos al carro. Ahora que recuerdo, creo que sentíamos nosotros también el deseo de recobrar el pie de la labor, no sé. Sí recuerdo que hasta empezamos a buscar más salamandras, para matarlas. Queríamos encontrar más para matar más. Y luego recuerdo me gustaba aluzar con la lámpara y matar despacio a cada una. Sería que les tenía coraje por el susto. Sí, me empecé a sentir como que volvía a ser parte de mi 'apá y de mi 'amá y de mis hermanos.

Lo que más recuerdo de aquella noche fue lo oscuro de la noche, el zoquete, lo resbaloso de las salamandras y lo duro que a veces se ponían antes de que las aplastara. Lo que traigo conmigo todavía es lo que vi y sentí al matar la última. Y yo creo que por eso recuerdo esa noche de las salamandras. Pesqué a una y la examiné bien con la lámpara, luego le estuve viendo los ojos antes de matarla. Lo que vi y sentí es algo que traigo todavía conmigo, algo puro—la muerte original.

El Pete Fonseca

Apenas llegó y ya se quería ir. Había llegado un domingo por la tarde, a pie. Venía del pueblito donde comprábamos la comida los sábados y donde no nos hacían mala cara cuando llegábamos todos mugrientos del trabajo por las tardes. Casi estaba oscuro cuando vimos un bulto que venía cruzando la labor. Nosotros habíamos andado jugando entre los árboles, y cuando lo vimos nos dio miedo, pero luego recordamos que éramos varios y casi no nos entró miedo. Nos habló cuando se acercó. Quería saber si había trabajo. Le dijimos que sí pero que no. Sí había, pero no había hasta que saliera la hierba. Como había estado muy seco el tiempo, no quería salir la hierba y todas las labores estaban bien limpiecitas. El viejo del rancho desde luego estaba contentísimo porque no tenía que pagar porque estuvieran limpias las labores de cebolla. Nuestros papases renegaban[1] porque lloviera para que se viniera la hierba y nosotros también teníamos que hacernos los desanimados, pero en realidad nos gustaba levantarnos tarde y andar por entre los árboles y por el arroyo matando pájaros con huleras. Por eso le dijimos que sí pero que no. Que sí había trabajo, pero que no para el día siguiente.

"Me lleva la chingada".

A nosotros no nos pareció mal que hablara así. Yo creo

que vimos cómo le quedaban las palabras a su cuerpo y a sus ropas.

"No hay trabajo en ninguna pinche parte. Oigan, ¿me pueden dar un lonchecito? Me lleva la chingada de hambre. Mañana me voy pa' Illinois. Allá sí hay jale".

Se quitó la cachucha de pelotero y vimos que traía el pelo bien peinado con una onda bien hecha. Traía zapatos derechos, un poco sucios, pero se notaba que eran de buena clase. Y los pantalones casi eran de pachuco. Decía *chale* cada rato y también *nel* y *simón*,[2] y nosotros por fin decidimos que sí era medio pachuco. Nos fuimos con él hacia nuestro gallinero. Le decíamos así porque en realidad era una casa de guajolotes. El viejo del rancho le había comprado diez casitas de guajolotes a otro viejo que vendía guajolotes y se las había traído para su rancho. Allí vivíamos; estaban bien chicas para dos familias pero estaban bien hechas. No les entraba el agua cuando llovía—eso sí, aunque las lavamos muy bien por dentro, les duró mucho el olor de caca de gallina.

Se llamaba Pete Fonseca y papá conocía muy bien un amigo de él. Decía papá que era muy recargue[3] porque siempre andaba diciendo que tenía catorce camisas de gabardina y en realidad así le llamaba la palomilla—el Catorce Camisas. Hablaron de Catorce Camisas un rato y luego que fuimos a cenar frijolitos con trozos de espem[4] y tortillitas de harina bien calientitas, le invitó papá que comiera con nosotros. Se lavó muy bien la cara y las manos y luego se peinó con mucho cuidado; nos pidió brillantina y se volvió a peinar. Le gustó mucho la cena y notamos que mientras estaba mamá cerca, no decía palabras de pachuco. Después de cenar habló otro rato y luego se acostó en el zacate, en lo oscuro, donde no le diera la luz de la casa. Al rato se levantó y fue al excusado y luego se volvió a acostar y a quedarse dormido. Antes de dormirnos, oí a mamá que le dijo a papá que no le tenía confianza a ese fulano.

"Yo tampoco. Es puro buscón. Hay que tener cuidado con él. A mí me han hablado de él. El Catorce Camisas se las recarga mucho pero creo que éste fue el que se echó a un mojadito en Colorado y lo desterraron de allá o se le escapó a la chota. Creo que él es. También le entra a la mariguana. Creo que él es. No estoy muy seguro . . ."

El día siguiente amaneció lloviendo y cuando vimos para fuera de la ventana vimos que Pete se había metido a nuestro carro. Estaba sentado pero parecía que estaba dormido porque no se movía para nada. El agua le había despertado y se había tenido que meter al carro. Para las nueve había dejado de llover, así que salimos y le invitamos a desayunar. Mamá le hizo unos huevos y luego él preguntó que si había alguna casa libre o algún lugar dónde meterse. Y que cuándo iba a empezar el trabajo, y que cuánto se podía ganar allí por día y que cuántos de nosotros trabajábamos. Papá le dijo que todos nosotros trabajábamos, los cinco, y que a veces ganábamos hasta setenta dólares al día si acaso trabajábamos unas catorce horas. Después de desayunar se salieron papá y Pete y oímos que le preguntó a papá que si había algunas chamaconas en el rancho. Le contestó riéndose que solamente había una dejada. La Chata. Y se fueron hablando por el camino que rodeaba a las casitas y que iba a dar a la pompa de agua.

Le decían la Chata porque cuando muy pequeña le había pegado una enfermedad como roña en la cara y el hueso de la nariz se le había infectado. Luego se alivió pero la nariz le quedó chiquita. Era muy bonita menos la nariz y todos hablaban mal de ella. Decían que desde muy chica le habían gustado mucho los hombres y el borlote. Cuando tenía apenas quince años dio luz a un niño. Le echaban la culpa a uno de sus tíos pero ella nunca descubrió de quién era. Sus papaces creo que no se enojaron con ella. Eran muy buenas gentes. Todavía lo son. Después, cada rato se juntaba con diferentes, y cada uno le hacía al menos uno. Unos los daba, otros los cuidaban los padres, pero los dos más grandes los traía con ella. Ya trabajaban. Para entonces, para cuando llegó el Pete, tenía dos semanas de dejada. Su último esposo se había ido; ni se enojó con ella, ni nada. Se fue nomás. Por eso papá le había dicho a Pete que solamente había una dejada. Hasta nos pareció que le había puesto cuidado, pero nos pareció curioso porque la Chata ya tendría sus treinta y cinco años y el Pete, pues, tendría unos veinte y cinco a lo más.

De todos modos, sí le había hecho caso a lo que le había dicho papá porque después, cuando andábamos jugando cerca de la pompa, nos preguntó por la Chata. Que dónde vivía, que cuántos años tenía, que si estaba buena. En eso estábamos cuando bajó la Chata a llevar agua y le dijimos que ésa era. Nosotros le saludamos y ella nos saludó, pero notamos que se fijó en el Pete. Le echó el ojo, como dice la gente. Y más cuando éste le preguntó cómo se llamaba.

"Chavela".

"Así se llamaba mi madre".

"Mira, mira".

"A lo macho, y mi abuela también".

"Anda, chocante".
"Pero si no me conoces todavía".

Se retiró la Chata de la pompa y ya cuando iba lejecitos, suspiró Pete y dijo en voz alta:

"Mamacita, 'sota linda".

Para que oyera, después nos dijo. Porque, según él, a las viejas les gustaba que les dijeras así. Desde ese momento notamos que cada vez que estaba cerca de Pete la Chata, aquél le decía siempre en voz alta *mi chavelona*. Lo decía fuerte para que oyera y yo creo que a la Chata le gustaba que le dijera así porque, ya cuando empezó el trabajo, siempre cogía surcos cerca de Pete, y si él se adelantaba ella también lo hacía. Y luego cuando nos traía agua el viejo, Pete siempre la dejaba tomar agua a ella primero. O le ayudaba a subirse a la troca o a bajarse. El primer sábado que nos pagaron después de que había llegado Pete, les compró unos paquetes de fritos a los niños de la Chata. Y así empezó.

A mí me gustaba más cuando le cantaba canciones. Pete se había quedado a trabajar, decía él, hasta que se acabara todo. Se metió a vivir con otros dos muchachos en una trailer[5] vieja que estaba por allí. Nosotros íbamos después de la cena a platicar con ellos y nos poníamos a cantar. El se salía de la trailer, se encuadraba hacia la casa de la Chata y le cantaba con todo lo que podía. En la labor también nomás nos acercábamos a ella o ella se acercaba a nosotros y el Pete se soltaba con sus canciones. A veces hasta en inglés: *sha*

bum, sha bum o *lemi go, lemi go, lober* y luego en español:
Ella quiso quedarse, cuando vio mi tristeza . . . *Cuando te*
hablen de amor y de ilusiones . . . A veces hasta le paraba de
trabajar y se levantaba del surco, si el viejo no estaba por allí,
y movía las manos y todo el cuerpo. La Chata lo veía de
reojo, como que le caía mal, pero siempre seguía cogiendo
surcos cerca de Pete, o encontrándose con él, o emparaján-
dose. Como a las dos semanas se iban los dos juntos a tomar
agua a la troca cuando el viejo no la traía y luego se iban por
detrás de la troca y luego salía la Chata componiéndose la
blusa.

El Pete nos platicaba todo después. Un día nos dijo que,
si queríamos ver algo, que nos escondiéramos detrás de la
trailer esa noche y él trataría de meterla a la trailer.

"Ya sabes pa' qué . . . pa' darle pa' los dulces . . ."

Los muchachos que vivían con él y nosotros nos escondimos
detrás de la trailer[6] esa noche y ya después de mucho rato
vimos que venía la Chata rumbo a la trailer. El Pete la estaba
esperando y apenas se acercó un poco y la cogió de la mano y
la estiró hacia él. Le metió la mano debajo de la falda y la
comenzó a besar. La Chata no decía nada. Luego la rejuntó
contra la trailer, pero ella se le salió de donde la tenía cogida
y le dijo que, no cabrón, que no tan pronto. El Pete le estuvo
invitando a que se metiera a la trailer, pero no quiso y así
estuvieron. Que si me quieres, que si te casas conmigo, que
sí, que cuándo, que ahora mismo, que el otro vato. Por fin se
fue. Salimos de lo oscuro y nos platicó todo. Luego nos estuvo platicando de otras viejas que se había echado. Hasta
gabachas. Se había traído una de Chicago y luego había

puesto su negocio en Osten.[7] Allí, según él, hacían línea los cabrones, a cinco dólares el palo. Pero decía que la vieja que sí había querido era la primera con quien se había casado por la buena y por la iglesia, pero se había muerto con el primer niño.

"Que si lloré por esa vieja, y desde entonces, ni madre. Esta pinche vida . . . ahora con esta chavelona, ya empiezo a sentir algo por ella . . . es buena gente, si vieran . . ."

Y notamos que a veces se ponía a pensar. Luego decía con cierta sinceridad:

"A qué mi chavelona . . . es muy caliente . . . pero no se deja . . . hasta que me case con ella, dice".

Al tercer día de cuando nos habíamos escondido, Pete ya había decidido casarse. Y por eso toda esa semana era todo lo que platicaba. No podía perder nada. Entre él y la Chata y los dos muchachos podrían juntar bastante. También tendría quien le hiciera sus gorditas y el cafecito bien calientito, y quien le lavara la ropa y, según Pete, cada noche a lo menos un palito. Se ponía a hacer cuentas: a cuatro dólares el palo, a lo menos, por siete noches eran veintiocho dólares por semana. Aunque no hubiera trabajo, le iba bien. También decía que le caían bien los niños de la Chata. Se podían comprar una ranfla y luego los domingos se podían ir a pasear, al mono, a pescar, al dompe[8] a juntar alambre de cobre para vender. En fin, decía que le convenía casarse con la chavelona. Y entre más pronto, mejor.

Al poco tiempo vino a hablar con papá una noche. Se salieron al camino donde nadie les pudiera oír y estuvieron hablando por un buen rato. Esa noche oímos lo que le decía papá a mamá en lo oscuro de la noche.

"Fíjate que éste se quiere casar con la Chata. Se la quería robar pero en qué. Así que mejor se quiere casar bien. Pero, fíjate que está enfermo de la sangre, así que no quiere ir al pueblo a sacar los papeles. Entonces lo que quiere es que yo le vaya a pedir la mano de la Chata a su papá, Chon. Quiere que vaya mañana mismo . . . 'Señor don Chon, vengo aquí, hoy, con la comisión de pedir la mano de su hija, Isabel, para comunión de matrimonio con el joven Pedro Fonseca . . .' ¿Qué tal, eh? . . . ¿Cómo se oye, vieja? . . . Mañana mismo después del trabajo, antes de cenar".

El siguiente día todo lo que se oía era de que iban a pedir a la Chata. Ese día Pete y Chavela ni se hablaron. Anduvo muy quieto todo el día trabajando, pero pesado el Pete, como para mostrar que era hombre serio. Ni nos dijo chistes como lo hacía siempre. Y la Chata también se veía muy seria. No se rio en todo el día y cada rato andaba regañando a los muchachos para que le trabajaran más aprisa. Por fin se terminó el día de trabajo y antes de cenar papá se lavó bien, se hizo el partido cuatro o cinco veces y se fue derechito a la casa de don Chon. Pete lo encontró en medio del patio y los dos sonaron la puerta.

Entraron. *Les dieron el pase ya.*[9] Como a la media hora salieron todos riéndose de la casa. *La dieron.* El Pete traía a la Chata bien abrazada. Al rato entraron a la casa de Chavela y ya al oscurecer se cerraron las puertas de la casa y los trapos de las ventanas también. Esa noche nos contó papá como diez veces cómo le había ido con el pedir de la mano.

"N'ombre, nomás le hablé así con mucha política y no puso ningún pero . . ."

El siguiente día llovió. Era sábado y fue cuando en realidad se celebró la boda. Casi todos se emborracharon. Hubo un poco de baile. Se pelearon unos, pero al rato se apaciguó todo.

Fueron felices. Se vino el trabajo con fuerza. El Pete, la Chata y los niños trabajaban siempre. Se compraron un carro. Los domingos iban muy seguido de paseo. Fueron a Meison Sidi[10] a visitar a unos familiares de la Chata. Esta parecía que andaba bien buchona de puro orgullo. Los niños andaban más limpios que nunca. El Pete se compró bastante ropa y también andaba muy limpio. Trabajaban juntos, se ayudaban, se cuidaban muy bien, cantaban juntos en la labor. En fin, a todos nosotros nos gustaba verlos, porque a veces hasta se besaban en la labor. Iban entre los surcos cogidos de la mano . . . *Aquí vienen los mil amores.* Los sábados iban al mandado, se metían a una cantinita que estaba allí y se tomaban unas cuantas después de comprar la comida. Regresaban al rancho y a veces hasta iban al mono por la noche. La pasaban muy bien.

"Quién hubiera dicho que este carajo se fuera a casar con la Chata y que le cumpliera tan bonito. Fíjate que parece que la quiere mucho. Nomás diciéndole "mi chavelona" cada rato. Y fíjate cómo quiere a los niños. Te digo que es de buen corazón. Pero quién iba a decir que lo era. Se parece puro pachuco. Fíjate cómo la quiere. Y no se ve descarado tampoco. Y ella, pos, lo trae más arreglado que al otro que tenía antes, ¿no crees? . . . Y a los niños, nomás jugando con ellos. Ellos también lo quieren mucho. Y ni quien se lo quite, es muy jalador. Y la Chata, tú sabes que ella también le entra parejito. Se van a llevar sus buenos centavitos, ¿no crees? . . . Hasta que le fue bien a la Chata . . . N'ombre, yo no sé por qué eres tan desconfiada tú, vieja . . ."

Seis semanas después del casamiento se acababa ya la pisca de papa. Faltarían unos dos días a lo más para que se acabara el trabajo. Nosotros tanteábamos que se acababa todo para el martes y por eso arreglamos el carro ese fin de semana, porque ya teníamos las narices apuntando para Texas. El lunes recuerdo que nos levantamos temprano y papá, como siempre, nos ganó el excusado. Pero yo creo que ni llegó, porque volvió casi luego luego con la noticia de que el Pete se había ido del rancho.

"Pero ¿cómo viejo?"
"Sí, se fue. Se llevó el carro y todo el dinero que habían juntado entre él y la Chata y los niños. La dejó sin un centavo. Se llevó todo lo que habían ganado . . . ¿Qué te dije? . . . Se fue . . . ¿Qué te dije?"

La Chata no fue a trabajar ese día. En la labor nadie hablaba más que de eso. Le avisaron al viejo, pero dijeron que el nomás había movido la cabeza. Los papases de la Chata bien enojados y nosotros, pues, casi no. Yo creo que porque no nos había pasado nada a nosotros.

El día siguiente se acabó el trabajo. Ya no volvimos a ver a la Chata ese año. Nos vinimos para Texas y acá, unos dos meses más tarde, papá habló con don Chon, quien acababa de llegar de Iowa. Papá le preguntó por Pete y le dijo que no sabía en realidad, pero que creo que lo habían cortado en una cantina en Minesora, que creo que andaba diciendo que la chota[11] le había quitado todo el dinero y hasta el carro, que creo que el viejo del rancho siempre sí le había avisado a la chota y que lo habían pescado en Aberlí.[12] De todos modos, ni a don Chon ni a la Chata les regresaron nada. Nosotros nomás nos acordamos de que apenas había llegado y ya se quería ir. Comoquiera, el Pete hizo su ronchita.[13] Pero, como dicen, nadie sabe pa' quién trabaja. Eso pasó allá por el '58.[14] Yo creo que la Chata ya se murió, pero los hijos de ella ya serán hombres. El Pete, recuerdo que llegó como la cosa mala, luego se hizo buena, y luego mala otra vez. Yo creo que por eso se nos pareció como un bulto cuando lo vimos por primera vez.

Eva y Daniel

*T*odavía recuerda la gente a Eva y Daniel. Eran muy bien parecidos los dos y, la mera verdad, daba gusto el verlos juntos. Pero la gente no los recuerda por eso. Estaban muy jóvenes cuando se casaron, mejor decir cuando se salieron. A los padres de ella casi ni les dio coraje o, si les dio, les duró muy poco, y era que casi todos los que conocían a Daniel lo querían muy bien y por muchas razones. Fue en el norte cuando se fueron, durante la feria del condado que hacían cada año en Bird Island.

Las dos familias vivían en el mismo rancho. Trabajaban juntas y en las mismas labores, iban al pueblo en la misma troca y casi comían juntas. Por eso no extrañó nada que se hicieran novios. Y aunque todos sabían, aparentaban no saber, y hasta ellos en lugar de hablarse se mandaban cartas a veces. El sábado que se fueron recuerdo muy bien que iban muy contentos a la feria en la troca. El viento les llevaba todos despeinados, pero cuando llegaron a la feria ni se acordaron de peinarse. Se subieron en todos los juegos, se separaron del resto del grupo y ya no los vieron hasta en dos días.

"No tengas miedo. Nos podemos ir en un taxi al rancho. Hazte para acá, arrímate, déjame tocarte. ¿O es que no me quieres?"

"Sí, sí".

"No tengas miedo. Nos casamos. A mí no me importa

nada. Nomás tú. Si nos deja la troca, nos vamos en un taxi."

"Pero me van a regañar".

"No te apures. Si te regañan, yo mismo te defiendo. Además, quiero casarme contigo. Le pido el pase ya a tu papá, si quieres. ¿Qué dices? ¿Nos casamos?"

A la media noche se cerraron todos los juegos y se apagaron las luces del carnaval y ya no se oyeron los tronidos de los cohetes, pero nada que aparecían Eva y Daniel. Entonces les empezó a dar cuidado a los padres, pero no avisaron a la ley. Ya para la una y media de la mañana la demás gente empezó a impacientarse. Se bajaban y subían de la troca cada rato y por fin el padre de Eva le dijo al chofer que se fueran. Pero iban con cuidado las dos familias. Ya les daba por las patas que se habían huido y estaban seguros de que se casarían, pero comoquiera les daba cuidado. Y estarían con cuidado hasta que no los volvieran a ver. Lo que no sabían era que Eva y Daniel ya estaban en el rancho. Pero estaban escondidos en la bodega, en lo más alto donde guardaba el viejo la paja para el invierno. Por eso, aunque los anduvieron buscando en los pueblos cercanos, no los encontraron hasta dos días después cuando bajaron de la bodega bien hambreados.

Hubo algunas discusiones bastante calurosas, pero por fin consintieron los padres de Eva que se casaran. Al día siguiente les llevaron a que se sacaran la sangre,[1] luego a la semana los llevaron con el juez civil y tuvieron que firmar los padres porque estaban muy jóvenes.

"Ya ves cómo todo salió bien".

"Sí, pero me dio miedo cuando se enojó papá todo. Hasta creí que te iba a pegar cuando nos vio de primero".

"A mí también. Ya estamos casados. Ya podemos tener hijos".

"Sí".

"Que crezcan bien grandotes y que se parezcan a ti y a mí".

"¿Cómo irán a ser?"

"Que se parezcan a mí y a ti".

"Si es mujer, que se parezca a ti; si es hombre, que se parezca a mí".

"¿Y si no tenemos?"

"¿Cómo que no? Mi familia y tu familia son muy familiares".

"Eso sí".

"¿Entonces?"

"Pos, yo nomás decía".

Realmente, después de casarse las cosas empezaron a cambiar. Primeramente, porque ya para el mes de casados Eva andaba de vasca cada rato y luego también le cayó una carta del gobierno a Daniel diciéndole que estuviera en tal pueblo para que tomara los exámenes físicos para el ejército. Al ver la carta sintió mucho miedo, no tanto por sí mismo, sino que sintió inmediatamente la separación que vendría para siempre.

"Ves, m'ijo, si no hubieras ido a la escuela, no hubieras pasado el examen".

"A qué mamá. Pero no es porque pasa uno el examen que se lo llevan.[2] Además, ya estoy casado, así que a lo

mejor no me llevan por eso. Y también Eva ya está esperando".

"Ya no hallo qué hacer, m'ijo, estoy rezando todas las
noches porque no te lleven. Eva también. Les hubieras
mentido. Te hubieras hecho tonto para no pasar".

"A qué mamá."

Para noviembre, en lugar de regresarse a Texas con su
familia, se quedó Daniel en el norte y en unos cuantos días ya
estaba en el ejército. Los días le parecían no tener razón—ni
para qué hubiera noche ni mañana ni día. No le importaba
nada de nada a veces. Varias veces pensó en huirse y regresar
a su pueblo para estar con Eva. Cuando pensaba era en lo que
pensaba—Eva. Yo creo que hasta se puso enfermo alguna vez,
o varias veces serían, al pensar tanto en ella. La primera carta
del gobierno le había traído la separación y ahora la separación se ensanchaba más y más.

"¿Por qué será que no puedo pensar en otra cosa más
que en Eva? Si no la hubiera conocido ¿en qué pensaría?
Y creo que en mí mismo, pero ahora . . ."

Pero así como son las cosas, nada se detuvo. El entrena-
miento de Daniel siguió al compás del embarazo de Eva.
Luego mandaron a Daniel para California, pero antes tuvo la
oportunidad de estar con Eva en Texas. La primera noche
durmieron besándose. Estuvieron felices otra vez por un par
de semanas, pero luego llegó la separación de nuevo. Le da-
ban ganas de quedarse a Daniel, pero luego decidió seguir su

camino a California. Le preparaban más y más para mandarlo a Corea. Luego empezó a enfermarse Eva. El niño le daba complicaciones. Entre más cerca el alumbramiento, más complicaciones.

"Si vieras, viejo, que este niño va mal".
"¿Por qué crees?"
"Esta tiene algo. Por las noches se le vienen unas fiebres pero fiebres. Ojalá y salga todo bien, pero hasta el doctor se ve bastante preocupado. ¿No te has fijado?"
"No".
"Ayer me dijo que teníamos que tener mucho cuidado con Eva. Nos dio un montón de instrucciones, pero con eso de que uno no entiende. ¿Te imaginas? Cómo quisiera que estuviera Daniel aquí. Te apuesto que hasta se aliviaba Eva. Ya le mandé decir que está muy enferma para que venga a verla, pero no le creerán sus superiores y no lo dejarán venir.
"Pues, escríbele otra vez. Quien quita puede hacer algo si habla".
"Ya, ya le he escrito muchas cartas mandándole decir lo mismo. Fíjate que ya ni me preocupa tanto él. Ahora es Eva. Tan jovencitos los dos".
"Sí, verdad".

Eva empeoró y, cuando recibió una carta de su madre donde le suplicaba que viniera a ver a su esposa, Daniel no supo explicar o no le creyeron sus superiores. No lo dejaron venir. Pero él se huyó ya en vísperas de que lo mandaran a Corea. Duró tres días para llegar a Texas en el autobús. Pero ya no la alcanzó.

Yo recuerdo muy bien que lo trajo un carro de sitio a la casa. Cuando se abajó y oyó el llanto dentro de la casa, entró corriendo. Luego se volvió como loco y echó a todos para fuera de la casa y allí estuvo él solo encerrado casi todo un día. Salía nada más para ir al excusado, pero aún allí dentro se le oía sollozar.

Ya no volvió al ejército ni nadie vino a buscarlo alguna vez. Yo lo vi muchas veces llorar de repente. Yo creo que se acordaba. Luego perdió todo interés en sí mismo. Casi ni hablaba.

Se empeñó una vez en comprar cohetes para vender durante la Navidad. Le costó bastante el paquete de cohetes que mandó traer por medio de una dirección de una revista. Pero cuando los recibió, en lugar de venderlos, no descansó hasta que no los había tronado todos él mismo.[3] Y desde entonces es todo lo que hace con lo poquito que gana para mantenerse. Casi todas las noches truena cohetes. Yo creo que por eso, por estos rumbos del mundo, la gente todavía recuerda a Eva y a Daniel. No sé.

La cosecha

Los últimos de septiembre y los primeros de octubre. Ese era el mejor tiempo del año. Primero, porque señalaba que ya se terminaba el trabajo y la vuelta a Texas. También había en el ambiente que creaba la gente un aura de descanso y muerte. La tierra también compartía de esta sensibilidad. El frío se venía más a menudo, las escarchas que mataban por la noche, por la mañana cubrían la tierra de blanco. Parecía que todo se acababa. La gente sentía que todo estaba quedando en descanso. Se ponían todos más pensativos. Se hablaba más del regreso a Texas, de las cosechas, de que si regresarían al mismo lugar el año próximo o no. Unos empezaban a dar largos paseos alrededor de la mota. En fin, parecía que había en los últimos días de trabajo un velorio sobre la tierra. Hacía pensar.

Por eso no les extrañaba mucho que don Trine se fuera solo por la mota después del trabajo y que se paseara por las labores todas las tardes. Esto fue al principio pero, cuando una vez unos jóvenes le pidieron permiso de ir con él, hasta se enojó. Les dijo que no quería que se le anduviera pegando nadie.

"¿Por qué quedrá andar solo?"

"Allá él, es negocio suyo".

"Pero, fíjate, que no le falla. Todas las tardes, a veces yo creo que ni cena, se va a andar. ¿No crees que hay algo raro en esto?"

46

"Pos sí. Pero ya vites cómo se enojó cuando le dijimos que si íbamos con él. No era para que se enojara. Este terreno no es de él. Nosotros podemos ir adonde nos dé la gana. El no nos manda".

"Por eso digo ¿por qué quedrá andar solo? ¿A lo mejor encontró algo por ahí? Esto no lo hacía hasta hace poco. Y luego . . . no sé, es algo raro. Tú dirás si lo seguimos a escondidas un día de estos para ver qué es lo que hace cuando se desaparece en la mota o en la labor".

Y así empezaron los díceres sobre los paseos de don Trine. No podían saber en qué o por qué se podría divertir saliendo todas las tardes. Cuando salía y alguien le iba a espiar, siempre se daba cuenta de alguna manera u otra y solamente daba una vuelta corta y regresaba a su gallinero. De todas maneras, ya empezaban a decir que iba a esconder dinero que había ganado ese año, o que se había hallado un dinero enterrado y que cada día se traía de a poquito a poquito algo para la casa. Luego empezaron a decir que, cuando había sido joven, había andado con una pandilla en México y que tenía mucho dinero que todo el tiempo traía con él. Hablaban también de cómo, aunque hiciera mucho calor, el comoquiera traía una faja llena de dinero debajo de la camiseta. Casi toda la especulación se centraba alrededor de la idea de que tenía dinero.

"A ver ¿a quién mantiene? Es solterón. Nunca ha tenido mujer ni familia. Así, tantos años de trabajar . . . ¿tú crees que no ha de tener dinero? Y luego, ¿en qué gasta ese hombre su dinero? Lo único que compra es su comidita cada sábado. De vez en cuando, una cervecita, pero es todo".

"Sí, muy seguro tiene sus dineritos. Pero, ¿tú crees que los va a enterrar por aquí?"

"¿Quién dijo que enterraba nada? Mira, él siempre va a la comida el sábado. Vamos a espiar bien por donde se va esta semana y el sábado cuando ande en el mandado, vamos a ver qué se carga. ¿Qué dices?"

"Está bien. A ver si no nos descubre".

Esa semana estuvieron observando con mucho cuidado los paseos de don Trine. Notaron que se desaparecía en la mota y que luego salía por el norte, cruzaba el camino y luego cruzaba una labor hasta llegar a la acequia. Allí se perdía por un rato pero luego aparecía en la labor del oeste. Era allí donde se desaparecía y se detenía más. Notaron también que para despistar a veces cogía otra ruta, pero siempre se detenía más tiempo en la acequia que atravesaba la labor del oeste. Decidieron entonces investigar la acequia y aquella labor el sábado próximo.

Cuando llegó aquel día, la anticipación fue grande, y apenas había salido la troca y ya iban en camino a aquella labor. Todavía no se desaparecía la troca y ya habían cruzado la mota. Lo que hallaron casi lo esperaban. En la acequia no había nada, pero en la labor, la cual habían rastreado con mucho cuidado después de haberle sacado toda la papa, se encontraron con una cantidad de pozos.

"Aquí hay como pozos, ¿te fijas? Estos no los hizo la rastra. Mira, aquí hay huellas de zapatos y fíjate que [los pozos] tienen a lo menos un pie de hondo. Cabe bien el brazo hasta el codo. Estos no los hace algún animal.

¿Qué crees?"
"Pos, entonces será don Trine. ¿Pero qué esconderá?
¿Por qué hará tantos pozos? ¿Tú crees que el viejo ya se
dio cuenta?"
"N'ombre. Fíjate que desde el camino no se ven. Nece-
sita uno entrarle un poco a la labor para darse cuenta de
que aquí están. ¿Para qué los hará? ¿En qué los usará?
Y, mira, casi todos están del mismo ancho. ¿Qué
crees?"
"Pos, no sé. Apenas escondiéndose uno en la acequia y
ver lo que hace cuando viene aquí".
"Mira, aquí está un bote de café. Te apuesto que con
éste es con que escarba".
"Yo creo que sí".

[Los muchachos] tuvieron que esperar hasta el lunes ya
tarde para tratar de descubrir lo de los pozos. La palabra se
pasó de boca en boca y ya todos sabían que don Trine tenía
una cantidad de pozos en aquella labor. Trataban de despistar
pero eran muy obvias las alusiones que hacían durante el día
en la labor hacia los pozos. Les parecía que seguramente
había una gran explicación. Así, [los muchachos] se pusieron
a espiar con más cuidado y con más esmero.

Esa misma tarde lograron engañar a don Trine y pudieron observar lo que hacía. Vieron que con el bote de café,
como lo habían deducido, don Trine sacaba y sacaba tierra.
Cada rato medía con su brazo lo hondo que iba el pozo.
Cuando ya daba hasta el codo, metía el brazo izquierdo y
luego con la mano derecha se tapaba de tierra todo el brazo
hasta el codo. Así se quedaba por mucho rato. Se veía muy
satisfecho y hasta trató de encender un cigarro con una mano.
Como no pudo, se lo dejó entre los labios. Después hacía
otro pozo y repetía el proceso. No pudieron comprender por

qué hacía eso. Esto fue lo que les sorprendió más. Creían que, al descubrir lo que hacía [don Trine], iban a comprender todo. Pero no fue así. Trajeron la razón al resto de la mota y allí nadie comprendió tampoco. En realidad, cuando supieron que no se trataba de dinero escondido, lo juzgaron de loco y hasta perdieron interés. Pero no todos.

Al día siguiente, uno de los muchachos que habían descubierto lo de don Trine se fue solo a una labor. Allí imitó el mismo proceso que había presenciado el día anterior. Lo que sintió y lo que nunca olvidó fue el sentir que la tierra se movía, que parecía que le cogía los dedos y hasta los acariciaba. También sintió el calor de la tierra. Sintió que estaba dentro de alguien. Entonces comprendió lo que hacía don Trine. No estaba loco, solamente le gustaba sentir la tierra cuando se estaba durmiendo.

Por eso siguió yendo todas las tardes a la labor, hasta que una noche cayó una helada muy fuerte y ya no pudo hacer pozos en la tierra. Estaba ya bien dormida. Luego pensó en el año entrante, en octubre, durante la cosecha cuando podría otra vez hacer lo mismo que don Trine. Era como cuando se moría un querido. Siempre se culpaba por no haberlo querido más antes de la muerte.

Zoo Island

José tenía apenas los quince años cuando un día despertó con unas ganas de contarse, de hacer un pueblo y de que todos hicieran lo que él decía. Todo había ocurrido porque durante la noche había soñado que estaba lloviendo y, como no podrían trabajar el día siguiente, había soñado con hacer varias cosas. Pero cuando despertó no había nada de lluvia. De todas manera ya traía las ganas.

Al levantarse primeramente contó a su familia y a sí mismo—cinco. "Somos cinco", pensó. Después pasó a la otra familia que vivía con la de él, la de su tío—"cinco más, diez". De ahí pasó al gallinero de enfrente. "Manuel y su esposa y cuatro, seis". Y diez que llevaba—"diez y seis". Luego pasó al gallinero del tío Manuel. Allí había tres familias. La primera, la de don José, tenía siete, así que ya iban veinte y tres. Cuando pasó a contar la otra le avisaron que se preparara para irse a trabajar.

Eran las cinco y media de la mañana, estaba oscuro todavía, pero ese día tendrían que ir casi las cincuenta millas para llegar a la labor llena de cardo donde andaban trabajando. Y luego que acabaran ésa, tendrían que seguir buscando trabajo. De seguro no regresaban hasta ya noche. En el verano podían trabajar hasta casi las ocho. Luego una hora de camino de regreso, más la parada en la tiendita para comprar algo para comer. "Llegaremos tarde al rancho", pensó. Pero ya tenía algo que hacer durante el día mientras arrancaba cardo. Durante el día podría asegurarse exactamente de cuántos eran los que estaban en aquel rancho en Iowa.

"Ahí vienen ya estos sanababiches".[1]
"No digas maldiciones enfrente de los niños, viejo. Van a aprender. Luego van a andar diciéndo[las] ellos también cada rato. Entonces sí quedan muy bien, ¿no?"
"Les rompo todo el hocico si les oigo que andan diciendo maldiciones. Pero ahí vienen ya estos bolillos. No lo dejan a uno en paz. Nomás se llega el domingo y se vienen a pasear por acá a vernos, a ver cómo vivimos. Hasta se paran para tratar de ver para dentro de los gallineros. El domingo pasado ya vites la ristra de carros que vino y pasó por aquí. Todos risa y risa y apuntando con el dedo. Nada vale la polvadera que levantan. Ellos qué . . . con la ventana cerrada, pues, se la pasan pero suave. Y uno acá haciéndola de chango como en el parque en San Antonio, el Parquenrich".[2]
"Déjalos, que al cabo no nos hacen nada, no nos hacen mal, ni que jueran húngaros. ¿Para qué te da coraje?"
"Pues a mí, sí me da coraje. ¿Por qué no van a ver a su abuela? Le voy a decir al viejo que le ponga un candado a la puerta para que, cuando vengan, no puedan entrar".
"Mira, mira, no es pa' tanto".
"Sí es pa' tanto".

"Ya mero llegamos a la labor. 'Apá, ¿cree que encontramos trabajo después de acabar aquí?"
"Sí, hombre, hay mucho. A nosotros no nos conocen por maderistas.[3] Ya vites cómo se quedó picado el viejo cuando empecé a arrancar el cardo en la labor sin guantes. Ellos para todo tienen que usar guantes. Así que de seguro nos recomiendan con otros rancheros. Ya verás que luego nos vienen a decir que si queremos otra labor".

"Lo primero que voy a hacer es apuntar los nombres en una lista. Voy a usar una hoja para cada familia, así no hay pierde. A cada soltero también, uso una hoja para cada uno. Voy también a apuntar la edad de cada quien. ¿Cuántos hombres y cuántas mujeres habrá en el rancho? Somos cuarenta y nueve manos de trabajo, contando los de ocho y los de nueve años. Y luego hay un montón de güerquitos,[4] luego las dos agüelitas que ya no pueden trabajar. Lo mejor sería repartir el trabajo de contar también entre la Chira y la Jenca.[5] Ellos podrían ir a cada gallinero y coger toda la información. Luego podríamos juntar toda la información. Sería bueno también ponerle número a cada gallinero. Yo podría pintar los números arriba de cada puerta. Hasta podríamos recoger la correspondencia del cajón y repartirla, y así hasta la gente podría poner el número del gallinero en las cartas que hacen. Te apuesto que se sentirían mejor. Luego podríamos también poner un marcador al entrar al rancho que dijera el número de personas que viven aquí, pero . . . ¿cómo llamaríamos al rancho,[6] no tiene nombre. Esto se tendrá que pensar".

El siguiente día llovió y el que siguió también. Y así tuvo José tiempo y la oportunidad de pensar bien su plan. A sus ayudantes, la Chira y la Jenca, les hizo que se pusieran un lápiz detrás de la oreja, reloj de pulsera, que consiguieron con facilidad, y también que se limpiaran bien los zapatos. También repasaron todo un medio día sobre las preguntas que iban a hacer a cada jefe de familia o a cada solterón. La demás gente se dio cuenta de lo que se proponían a hacer y al rato ya andaban diciendo que los iban a contar.

"Estos niños no hallan qué hacer. Son puras ideas que se les vienen a la cabeza o que les enseñan en la escuela. A ver, ¿para qué? ¿Qué van a hacer contándonos? Es puro juego, pura jugadera".

"No crea, no crea, comadre. Estos niños de hoy en día siquiera se preocupan con algo o de algo. Y a mí me da gusto, si viera que hasta me da gusto que pongan mi nombre en un hoja de papel, como dicen que lo van a hacer. A ver ¿cuándo le ha preguntado alguien su nombre y que cuántos tiene de familia y luego que lo haya apuntado en una hoja? No crea, no crea. Déjelos. Siquiera que hagan algo mientras no podemos trabajar por la lluvia".

"Sí, pero, ¿para qué? ¿Por qué tanta pregunta? Luego hay unas cosas que no se dicen".

"Bueno, si no quiere, no les diga nada, pero, mire, yo creo que sólo es que quieren saber cuántos hay aquí en la mota. Pero también yo creo que quieren sentirse que somos muchos. Fíjese, en el pueblito donde compramos la comida sólo hay ochenta y tres almas y, ya ve, tienen iglesia, salón de baile, una gasolinera, una tienda de comida y hasta una escuelita. Aquí habemos más de ochenta y tres, le apuesto, y no tenemos nada de eso. Si apenas tenemos la pompa de agua y cuatro excusados, ¿no?"

"Ustedes son los que van a recoger los nombres y la información. Van juntos para que no haya nada de pleitos. Después de cada gallinero me traen luego, luego toda la información. Lo apuntan todo en la hoja y me la traen. Luego yo apunto todo en este cuaderno. Vamos a empezar con la familia mía. Tú, Jenca, pregúntame y apunta todo. Luego me das lo que has apuntado para

apuntarlo yo. ¿Comprenden bien lo que vamos a hacer?
No tengan miedo. Nomás suenen la puerta y pregunten.
No tengan miedo".

Les llevó toda la tarde para recoger y apuntar detalles, y
luego a la luz de la lámpara de petróleo estuvieron apuntando. Sí, el poblado del rancho pasaba de los ochenta y tres
que tenía el pueblito donde compraban la comida. Realmente
eran ochenta y seis pero salieron con la cuenta de ochenta y
siete porque había dos mujeres que estaban esperando, y a
ellas las contaron por tres. Avisaron inmediatamente el número exacto, explicando lo de las mujeres preñadas y a todos
les dio gusto saber que el rancho era en realidad un pueblo. Y
que era más grande que aquél donde compraban la comida los
sábados.

Al repasar todo la tercera vez, se dieron cuenta de que se
les había olvidado ir al tecurucho de don Simón. Sencilla-
mente se les olvidó porque estaba al otro lado de la mota.
Cuando don Simón se había disgustado y peleado con el
mocho, aquél le había pedido al viejo que arrastrara su gallinero con el tractor para el otro lado de la mota donde no lo
molestara nadie. El viejo lo había hecho luego, luego. Don
Simón tenía algo en la mirada que hacía a la gente hacer las
cosas luego, luego. No era solamente la mirada sino que también casi nunca hablaba. Así que, cuando hablaba, todos
ponían cuidado, bastante cuidado para no perder ni una palabra.

Ya era tarde y [los muchachos] se decidieron no ir hasta
otro día, pero de todos modos les entraba un poco de miedo
el sólo pensar que tenían que ir a preguntarle algo. Recorda-
ban muy bien la escena de la labor cuando el mocho le había
colmado el plato[7] a don Simón y éste se le había echado
encima, y luego él lo había perseguido por la labor con el

cuchillo de la cebolla. Luego el mocho, aunque joven, se había tropezado y se había caído enredado en unos costales. Don Simón le cayó encima dándole tajadas por todas partes y por todos lados. Lo que le salvó al mocho fueron los costales. De a buena suerte que sólo le hizo una herida en una pierna y no fue muy grave, aunque sí sangró mucho. Le avisaron al viejo y éste corrió al mocho, pero don Simón le explicó cómo había estado todo muy despacito y el viejo le dejó que se quedara, pero movió el gallinero de don Simón al otro lado de la mota como quería él. Así que por eso era que le tenían un poco de miedo. Pero como ellos mismos se dijeron, nomás no colmándole el plato, era buena gente. El mocho le había atormentado por mucho tiempo con eso de que su mujer lo había dejado por otro.

"Don Simón, perdone usted, pero es que andamos levantando el censo del rancho y quisiéramos preguntarle algunas preguntas. No necesita contestarnos si no quiere".
"Está bien".
"¿Cuántos años tiene?"
"Muchos".
"Cuándo nació?"
"Cuando me parió mi madre".
"¿Dónde nació?"
"En el mundo".
"¿Tiene usted familia?"
"No".
"¿Por qué no habla usted mucho don Simón?"
"Esto es para el censo ¿verdad que no?"
"No".
"¿Para qué? ¿Apoco creen ustedes que hablan mucho? Bueno, no solamente ustedes sino toda la gente? Lo que

hace la mayor parte de la gente es mover la boca y hacer ruido. Les gusta hablarse a sí mismos, es todo. Yo también lo hago. Yo lo hago en silencio, los demás lo hacen en voz alta".

"Bueno, don Simón, yo creo que es todo. Muchas gracias por su cooperación. Fíjese, aquí en el [rancho] habemos ochenta y ocho almas. Somos bastantes ¿no?"

"Bueno, si vieran que me gusta lo que andan haciendo ustedes. Al contarse uno, uno empieza todo. Así sabe uno que no sólo está sino que es. ¿Saben cómo deberían ponerle a este rancho?"

"No".

"Zoo Island".[8]

El siguiente domingo casi toda la gente del rancho se retrató junto al marcador que habían construido el sábado por la tarde y que habían puesto al entrar al rancho. Decía: **Zoo Island, Pop. 88 ¹/₂**.[9] Ya había parido una de las señoras.

Y José todas las mañanas nomás se levantaba e iba a ver el marcador. El era parte del número, él estaba en Zoo Island, en Iowa y, como decía don Simón, en el mundo. No sabía por qué pero le entraba un gusto calientito por los pies y se le subía por el cuerpo hasta que lo sentía en la garganta y por dentro de los sentidos. Luego este mismo gusto le hacía hablar, le abría la boca. Hasta lo hacía echar un grito a veces. Esto de echar el grito nunca lo comprendió el viejo cuando llegaba todo dormido por la mañana y lo oía gritar. Varias veces le iba a preguntar, pero luego se preocupaba de otras cosas.

La cara en el espejo

Por qué ese sueño constante? Constante.
Es casi imposible oír con toda la gritería de los huercos y sus chillidos.

Pero qué ocurrencia de la gente de arriba. Es que son solteros, y tantos. Pero, comoquiera, qué puntadas de emborracharse hasta la madrugada. Como si no supieran que hay más gente y con niños chicos. Nada vale, y luego la gritería. También constante. Como el sueño. No sé por qué sigo con el mismo sueño. El olor de las colchas a veces me hace olvidar el ruido, así como la ventana que siempre tengo a la cabecera. Esa ventana me hace que me sienta como que puedo ver dos veces, pero lo de afuera sé que no está en dos. Ya cuando se apagan las luces por la noche y sólo entra luz por las rendijas de la puerta o por el techo, que es piso para los de arriba, se distingue bien la ventana. Al principio le poníamos unas colchas para que por la noche la gente que estuviera afuera no pudiera ver para dentro, pero yo creo que les empezó a importar eso menos y menos a mamá y güelito. De día no importaba que no tuviera algunas garras tapándola porque no se podía ver para dentro, pero por la noche, sí. Como que las cosas se aluzaran para dentro. De todos modos, fue güelito[1] quien dijo que ya no le importaba si lo veían por la noche, que al cabo comoquiera eran muchos dentro de la casa— ochenta y seis. Ochenta y seis almas, como dice, en una casa por grande que sea, se hacen más. Seguramente, por la noche, si vieran por las ventanas hacia dentro, no podrían distinguir la ventana. Un cuadro gris, que ve hacia dentro, desde el piso de donde me acuesto se ve extraña, de distintos

58

tamaños. A veces empiezo a ver la cara en la ventana, la cara que vi en el espejo el otro día cuando me encontré con aquella cara en mis hombros.

"Andale, Enrique, que se hace tarde pa' la escuela. ¿No sé cómo puedes estar acostado ahí tan tarde con toda esa gente pasando por arriba de ti desde tan temprano? Andale, levántate. Hasta parece que no duermes. ¿Qué estás haciendo ahí echado, tapado hasta la cabeza? Andale, vas a llegar tarde. Ya desde cuando que se fueron los hombres al trabajo, Dios los cuide, y ya pasaron todos los gringos a la escuela . . . nomás van siempre bobeando para acá, para la casa, con eso de que la casa tiene ventanas tan grandes y se puede ver todo pa' dentro. Andale, levántate . . ."

¿A quién le digo? ¿A quién le digo lo de la cara en el espejo? Desde que se ahogó Chuy no tengo con quién platicar a gusto . . .

"Andale, levántate . . ."

Pero, ¿por qué se ahogó? *Yo no traigo pistola ni cuchillo, sólo traigo muy grande el corazón, arriba el norte a ver quién tira el grito, que les traigo todita la razón.*[2] Qué si le gustaba cantar. En la tarde que salíamos de la escuela nos buscábamos y luego nos veníamos corriendo por las lomitas y las arboleras. Descansábamos en ratos y era cuando gritaba Chuy, como los mariachis, y luego le metía a las canciones: *Yo soy de León Guanajuato, no vengo a pedir favores, yo no le temo a la muerte, tengo fama de bravero.*[3] Ya párale, Chuy, ¿no te cansas? Tú no te cansas, ¿verdad? Ya sé que te gusta cantar pero cuando te veo así, cantando, pareces otra persona, y ya no haces caso de nada. ¿Todavía te subes a los árboles a cantar? No, cabrón, desde que te agarraron a pedradas los gabachos por estar allá cantando arriba del palo. Y ni cómo defenderte, a mí ya me habían amarrado al mismo árbol. Un día nos los encontramos, Chuy, son puros domperos que viven por acá por las afueras del pueblo y nos tienen coraje porque vivimos en la casa grande del pueblo. Un día nos los encontramos, no van a la escuela pero, un día nos los encontramos en el dompe o en el swimming pool. Un día se nos aparecen otra vez. Ya párale, Chuy. Párale de cantar, ya estás muerto. Los ojos de Chuy son los que no olvido, lo demás ya casi no recuerdo. Los ojos, sí. Lo redondo. Ventanas grises, verdes, negras.

Me vine corriendo desde el swimming pool hasta la casa grande. Me encontré la ambulancia que iba para allá, tan lejos, se me hace, de donde yo venía.[4] Parece que fue entonces cuando empecé ese sueño constante. Constante.

"Andale, levántate, se te va a hacer tarde".

Venía corriendo por páginas de libros, parecía que me volteaban las hojas, como que todo estaba ya sólo pintado. Cuando pasaba la gente, al pasarla, eran ya como una hoja, con dos lados nada más. Cuando me iba acercando a la casa, vi que las mujeres que estaban en los portales se levantaron casi al mismo tiempo todas, y luego cuando me acerqué más se les empezó a retorcer la cara y una de ellas tiró un chillido—era la mamá de Chuy. Ni pude decirle nada; ella comprendió todo en mi cara, yo creo.

"Andale, levántate . . ."

Chuy se veía tan pálido en el cajón. Dicen que les sacan la sangre para que no apesten. Pero, tanto que les rogábamos que tuvieran cuidado . . . ¿Qué pasó? No sé. Andábamos con más ánimo que nada porque por fin nos habíamos encontrado con los domperos y les dimos en toda la torre.⁵ Después, más tarde, andaban en el swimming pool también, pero ya no se nos acercaban; nomás nos andaban rodeando, con miedo. Yo le dije a Chuy que ya no les hiciera borlote, que ya nos la habíamos pagado, pero él comoquiera les siguió haciendo la vida pesada. Les quitó un tubo que traían y se metió a lo hondo. Ya no lo vi hasta que lo sacaron y se juntó un montón de gente alrededor de él.

"¿No te vas a levantar, o qué?"

Despierta, Chuy, no estés jugando, cabrón. No te hagas. Abre los ojos, cabrón. Levántate. Andale. Se nos va a hacer tarde. Andale, hombre. ¿No me oyes o qué? Nos van a regañar si llegamos tarde a la casa. Ya se está haciendo tarde, hombre. ¿Para qué te metías en lo hondo? *Yo no traigo pistola*

*ni cuchillo, sólo traigo muy grande el corazón, arriba el
norte* . . . Andale, levántate, abre los ojos, no seas . . . no te
hagas . . . Hace días, que por las mañanas, después de levantarme . . . lo primero que hago es ver para fuera de la ventana
. . . A lo mejor lo encuentro allí, por fuera, por fuera del
vidrio. O a lo mejor lo encuentro adentro, aquí en el baño,
dentro del espejo donde yo y él nos peinábamos antes de ir al
cine los sábados. Así como en el sueño. No lo esperaba esa
mañana, y desde entonce allí ha estado sobre mis hombros.
No se me olvida, esa mañana. La noche anterior había
soñado mucho. Desperté cansado de andar y de hablar. Al
levantarme me sentí muy extraño, algo me molestaba.
Cuando hablaba me oía yo mismo, clara y finamente bien.
Luego, cuando entré al baño y me cambié de ropa y me
empecé a peinar, algo me seguía molestando. Me dije que a
lo mejor traía puesto algo mal. Me fijé en los zapatos, luego
en los pantalones, luego en la camisa y luego me vi la cara en
el espejo y sentí algo fuera de sí, algo que estaba mal, algo
que no quedaba. Empecé a verme en los ojos y me acerqué
más y más al espejo hasta que casi lo toqué con la cara.
Luego me di cuenta de algo horroroso y no oí ningún ruido
más. La cara en el espejo era la de Chuy. Todo era yo, menos
la cara, la cara era de Chuy.[6]

"Levántate, ándale, ¿cuántas veces quieres que te diga
que te levantes?"

Ya párale de sonreír Chuy, ya estás muerto. *Yo no traigo
pistola ni cuchillo, sólo traigo muy grande el corazón, arriba
el norte, a ver quién pega un grito* . . . El olor de las colchas
a veces me hace olvidar el ruido, así como la ventana que

siempre tengo en la cabecera. Un cuadro gris, que ve hacia dentro, como los ojos de Chuy—grises, verdes, negros . . . que están allí en la cara en el espejo. Constantes.

En busca de Borges

"*P*or qué mé sentiré así?"
"Porque cuando eres todo, no eres nada. No me crees, ¿verdad? Pregúntale a Borges, pregúntale; no temas. Lo encontrarás en la biblioteca debajo de cada palabra. Aún se afana, a tal edad, por encontrar o decifrar la manzana ¿o pera?, lo que representó la revista *Life* cómo fuese el mundo . . . o mejor, cómo se ve la tierra desde el espacio. Sus palabras, las de Borges, y también sus planos, y los globos terrestres y, además, aún más palabras".

Ciertamente. Lo encontré, lo encontré y me entró un sentimiento de seguridad, como que el encuentro había pasado antes, pero no fue nostalgia, eso lo sé. Me dijeron que sería humorístico, laberintoso, oscuro, que me daría su oscuridad, que me diría dónde buscar, y que me indicaría también la manera de buscar. No me mencionaron encontrar o hallar, eso lo recuerdo bien. Lo encontré delirantemente triste, como si hubiera o acabara de encontrar alguna verdad. Y me dijo, "Lee toda palabra, toda palabra en toda biblioteca,en esta biblioteca y entonces te vas a otra y a otra y a otra, y así le sigues". El había venido así por las palabras, trabajándolas, desde la Argentina. Lo sé porque me enseñó su trayectoria en el mapa. No en el plano que trae en sus manos bien apretadas o el que está en la pared, sino el que trae en los ojos. Y le creí. Y empecé a leer. Y lo hice porque me dijo que era mi turno. Que me tocaba a mí.

"Ahora soy una palabra. Y al leer me hago más palabra".

"Te ves un poco pálido, un poco gastado, un poco maltratado".

"Pero, y eso, ¿por qué? ¿Por qué será?"

"Pues, ¿cuánto tiempo tienes de estar aquí ya?"

"Desde que empecé".

"Y eso, ¿cuándo fue?"

"No sé, ¿quién sabe de esas cosas?"

"Alguien deberá saber, alguien sabrá".

"Es por eso que continúo leyendo".

"Pero, ¿es que no sabes? Eso no te dirá nada. Lo hubiera dicho desde hace tanto tiempo. Y, en realidad, eso ya se ha pronunciado".

"Tienes razón".

"Te ves un poco pálido. ¿Te sientes mal?"

"Un poco. Náusea. Tengo una *w* boca abajo en el estómago. Creo que eso será".

"¿Qué harás ahora? ¿Qué vas a hacer?"

"No sé, ya me cansé de leer y de ver mapas. Los viejos, los nuevos, son lo mismo. Me encuentro al mismo hombre siglo tras siglo. Pero sigo con la esperanza de encontrar a Borges otra vez. Recuerdo muy bien, tan bien, que me dijo que era mi turno, que me tocaba a mí".

"Y él, ¿ya dejó de buscar? ¿A lo mejor te busca a ti?"

"¿Eh? No. Nunca se detiene, sigue, irá por allá, muy adelante de mí . . . no sé".

"No lo encontrarás, entonces".

"Borges encontró algo una vez, debajo de una palabra".

"Y eso, ¿qué fue?"

"Algo, dije. He soñado de ello muchas veces".

"¿De lo que halló?"

"No . . . pues, sí, de todo. De toda la cosa".

"¿Qué cosa . . . toda?"

"Las palabras. Lo que son".

"Y, ¿eso?"

"La biblioteca, donde primero lo encontré. Toda palabra lo estaba mirando todo el rato que estuvo hablando conmigo. Eso lo sé porque lo sentí".

"Y, ¿qué te dijo?"

"Que me tocaba a mí".

"Te ves enfermo. Más de lo que hace un año".

"Siento el estómago más revuelto. Tendré gusanos en el estómago. Mira lo grande que se me ha puesto. Lleno de gusanos, me imagino. Anoche tuve la pesadilla otra vez".

"¿Qué fue?"

"No tengo muchas, en realidad . . . las mismas. Esta es, de veras, solamente la segunda. La primera me duró muchos años. Siempre iba subiendo una loma muy inclinada y luego, al caer al otro lado, sentía que caía hacia otra loma, más profunda, donde no había ruido. Sólo la arena que tenía vida. Y me caía así, y me iba penetrando en la loma sin poder detenerme ni cogerme de nada. Siempre la loma infeliz".

"Y, esta segunda pesadilla, ¿qué es?"

"Te la voy a contar en el tiempo pasado porque está en el futuro".

Estaba yo dentro de una biblioteca donde toda persona me estaba observando. Donde todos apuntaban con las manos, y los ojos, y las cabezas, y con el cuerpo hacia mí. A mí no me molestaba porque andaba buscando a Borges. Me parecía que todos sabían lo que yo buscaba. A cada minuto esperaban que les dijera algo, que les revelara algo. Luego empezaron todos a rodearme, se pusieron en círculo y yo sólo les decía que andaba en busca de Borges. Me trajeron más y más libros. A cada segundo esperaban que les dijera algo. Les pedí que me ayudaran pero me dijeron que no, que me tocaba a mí. Luego me empezó a molestar algo. Me empezó a molestar la esperanza que mostraban los ojos. La esperanza que tenían. Como si yo estuviera por revelarles algo. Como si yo supiese algo y se los fuera a decir. Algunos me empezaron a voltear las páginas, a tirar de los mapas que traía en los bolsillos, a voltearme la cara para que viera en cierta dirección. Me quedé allí muchos años. Eso lo sé porque se empezaron a envejecer hasta los libros. La gente empezó a quedarse inmóvil, casi, viéndome, cerrando los ojos, a veces para no abrirlos jamás. Me seguían con los ojos cada vez que levantaba la cabeza del libro. Los libros que tenía allí y los más que seguían trayendo. Y luego me enfermé. Me sentí como si fuese a vomitar. Me sentía avergonzado. Más que todo porque se pusieron tristes. Me cubrí la boca, pero demasiado tarde. Me cubrí la boca con las manos y empecé a correr fuera de la biblioteca. Todos me siguieron, traté de empujarme el vómito para dentro de la boca pero fue inútil. Vomité por varias horas. Entre todas las letras que vomité en montones de distintos diseños, creo que vi cierta palabra o a lo mejor fue simplemente una combinación de letras. Me retiré ya descansado. Desde la distancia pude observar a la gente con palos volteando los montones con una cara de esperanza que a veces me parecía imbécil.[1]

THE

H•A•R•V•E•S•T

S H O R T   S T O R I E S
BY
TOMAS RIVERA

Edited with an Introduction and Translations
by Julián Olivares

Contents

Another Prologue

I must assume that one of these days, in one of those turns of irony which life strews around to confuse us all, and to make itself more interesting—*la interesante*—another part of Tomás Rivera's long-awaited and hoped and wished for *La casa grande del pueblo* may be found. The choicest irony, of course, would be that in the welter of the Tomás Rivera Archives, somewhere, some more bits and pieces and cards may be under layers of other materials.

Neither Concha Rivera nor Frank Pino nor I could locate the entire manuscript on a careful search some six months after Tomás's death. We came across some new pieces and some familiar ones he'd read or that I'd read for him at this or that conference. But as to the completed, or a completed manuscript, no; no such good fortune, if it existed in completed form.

In this published work by a careful scholar, Julián Olivares, one will see some of the bits and pieces which Tomás Rivera had published here and there, as well as others which he read as we toured the many colleges and universities.

As an aside, and merely anecdotical, I will repeat, in part, an episode which happened during one of the readings. The place, Sacramento, the time, night, and cold, windy and rainy, to boot. The lighting, a naked bulb on a high ceiling, and a roaring, snapping, crackling fire, were of scant use. Worse, Tomás Rivera had forgotten his reading glasses and so he was forced to read/recall "El Pete Fonseca" by heart and by inventive editing.

"El Pete," well known to many, is included here. *El espejo* was part of the subsequent work after *Tierra*, and Tomás Rivera must have written it as early as 1974, since that's the year he asked me to read it in his stead in Austin's "Floricanto." In passing, that is one of my favorites, as much as my *Choche Markham* and *Old Friends* were his.

In passing, too, a careful reading of Tomás Rivera's curriculum vitae is not wholly revelatory about *Casa*'s progress or *paraderos*, whereabouts.

This is a brief piece for a friend about a friend, and I wish to end it here with my warmest, personal thanks to Julián Olivares for his interest, dedication and for his scholarly patience in this endeavor.

Rolando Hinojosa

Introduction

Tomás Rivera became one of the most prominent Chicano writers upon the publication of his seminal novel . . . *y no se lo tragó la tierra / . . . and the earth did not part* (1971).[1] This novel gave greater impetus to Chicano writers and brought wide recognition to the Hispanic creative presence in the United States. Taking place within the context of the experiences of the Chicano migrant farmworkers, the novel's theme deals with a young boy's quest of his identity. Functioning as the novel's central consciousness—either as protagonist, narrator protagonist, narrator witness or as a character who overhears but does not narrate—, the boy recuperates the past, discovers his history and affirms his own singular being and his identity as a collective person. By discovering who he is, he becomes one with his people. Through his quest, he embodies and expresses the collective consciousness and experiences of his society.[2]

Tomás Rivera was born in the south Texas town of Crystal City, December 22, 1935. Despite socio-economic disadvantages and having to alternate his schooling with migrant labor, Rivera graduated from high school in 1954. Years later he would document the experiences that he underwent and witnessed as a migrant farm worker. In the meantime, however, the concern that Tomás Rivera felt for his people and their education motivated him to seek a career as a teacher. After receiving his B.S. in Education in 1958 from Southwest Texas State University, he taught high school English and Spanish in San Antonio, Crystal City and League City. He returned to Southwest Texas State, where he received a M.Ed. in 1964, and continued his graduate studies at the University of Oklahoma, receiving his Ph.D. in Spanish Literature in 1969.

Rivera's ascent through the professorial ranks and into university administration was rapid. Beginning as an Associate Professor of Spanish at Sam Houston State University in 1969, he became a Professor of Spanish and Director of Foreign Languages at the University of Texas, San Antonio, in 1971. By 1976, Rivera had become Vice President for Administration, leaving his post in 1978 for the University of Texas, El Paso, where he assumed the position of Executive Vice President. One year later Rivera became Chancellor of the University of California, Riverside, a position he held for five years when he suddenly died.

Rivera's concern for education, especially that of minorities, and his extensive administrative duties curtailed his creative efforts. After the publication of *Tierra*, he published only five short stories, two of which were episodes omitted from his novel, a chap book of poetry, *Always and other poems* and a handful of poetry, including his epic poem "The Searchers," in various journals and anthologies.[3] Rivera was working on a second novel. *La casa grande del pueblo* (*The People's Mansion*), when he suffered a fatal heart attack in Fontana, California, May 16, 1984. This present collection includes those short stories, as well as two previously unpublished narratives excluded from *tierra*, which I discovered at the Tomás Rivera Archives, University of California, Riverside.

The episodes, or stories, that Rivera excluded from *Tierra*, and which he subsequently published, are "El Pete Fonseca" ("On the Road to Texas: Pete Fonseca") and "Eva and Daniel." The unpublished stories are "La cosecha" ("The Harvest") and "Zoo Island," whose original title was "La vez que se contaron" ("The Time They Took a Census"). While many reasons can be adduced for their exclusion—not including lack of quality—from the novel, the determining factor was the novel's temporal and structural format.[4] The other short stories are "En busca de Borges" ("Looking for Borges"), "Las salamandras" ("The Salamanders") and "La cara en el espejo" ("Inside the Window"). The latter, after a brief introductory story—which could not be properly called a short story, is the first and only recovered installment of *La casa grande del pueblo*.

Like the episodes of *Tierra*, those stories that were excluded from the novel, published and unpublished, unfold within the context of the migratory experience. In the case of "Pete Fonseca" and "Eva y Daniel," this experience provides the stories' background, the setting, for the themes and portrayal of the characters. Told from the point-of-view of the narrator-witness, these are tragic love stories, the first dealing with betrayal and the second with fidelity and the despair caused by death.

Central to "Pete Fonseca" is the portrayal of the *pachuco*. The story, narrated by a boy, takes place during the migratory cycle in Iowa, in 1948. By this time, the pachuco had started to disappear and was beginning to take on mythical proportions.[5] This twilight nature of the pachuco is expressed with the appearance of Pete Fonseca at the story's commencement:

> He'd only just gotten there and he already wanted to leave. It was almost dark when we saw this shadow crossing the field (. . .) He took off his baseball cap and we saw that his hair was combed good with a pretty neat wave. He wore those pointed shoes, a little dirty, but you could tell they were expensive ones. And his pants were almost pachuco pants. He kept

saying *chale* and also *nel* and *simón*, and we finally decided that he was at least half pachuco.

The young narrator is taken with Pete, his clothes and manner, and especially with Pete's courtship of La Chata, a loser of a woman, abandoned by various men, each of which has left her with at least one child.

With Pete's marriage to La Chata and their hard work, saving the money they earn, it appears that Pete has gone straight. Implicit in the narration is the potential danger of the narrator's role imitation of the pachuco protagonist, but at this point Pete reveals his parasitic nature. Pete abandons La Chata, taking her money and the car they had saved up to buy. The story closes as it began, this time emphasizing the amoral dimension of the pachuco:

> All we remembered was how he'd only just gotten there and he already wanted to leave. Anyhow, Pete made his little pile. That all happened around '48. I think La Chata is dead now, but her kids must be grown men. I remember that Pete appeared out of nowhere, like the devil himself—bad, then he turned good, then went bad again. I guess that's why we thought he was a shadow when we first saw him.

In an unpublished lecture called "Critical Approaches to Chicano Literature and its Dynamic Intimacy,"[6] Rivera states that a major reason for the exclusion of "Pete Fonseca" from his novel was an editorial decision concerned with the derogatory presentation of his protagonist:

> I still recall "El Pete Fonseca," a story which I had initially included in *Tierra*, being excluded from it. Both Herminio Ríos and Octavio Romano [publishers of Quinto Sol] were of the opinion that Pete Fonseca, a pachuco-type, was presented in a derogatory manner and negatively sensitive for Chicano literature at the time (1970). I conceded . . . but I made and make no pretense at moral judgement and simply wanted to present [him] as [an] amoral type.

In addition to the protagonist's amorality, the story makes reference to his syphilis, to his activities as a pimp, and also to the alledged incestuous relationship between La Chata and her uncle. This representation of Pete Fonseca did not conform to the romanticized portrayal of the pachuco as the rebellious Chicano hero that was appearing in this formative period of Chicano literature.

If "Pete Fonseca" is a story of betrayal, "Eva y Daniel" is the contrary; it is a story of love and devotion. Like the previous story, the point-of-view is that of the narrator-witness, but it is uncertain as to who this narrator is. Unlike "Pete Fonseca," however, we sense that the story of Eva and Daniel has become a folk tale known by all the migratory laborers, and it is this oral tradition that frames the story and helps convey its tragic tone. Its source in the oral tradition is made manifest at the beginning of the story: "The people still remember Eva and Daniel. They were both very good looking, and in all honesty it was a pleasure to see them together." That the people retain the story of Eva and Daniel in their collective memory, that the couple is young and handsome—complying with the indispensable criterion of legendary couples—forbodes a tragic ending with the oral formulaic device of creating suspense: "But that's not the reason the people remember them."

Eva's complicated pregnancy causes Daniel to go AWOL from the Army boot camp, during the Korean War, only to arrive too late at her death bed. Bereft and crazed by Eva's death, Daniel does not return to the Army; instead, he orders fireworks from a mail order catalogue and lights the sky with them as an emotional outlet and as the vision of a splendor that he has lost. Returning to the narrative present that initiated the story, we note that Daniel continues setting off fireworks. It is this action that raises the anecdote of Eva and Daniel into the folk tradition. Every time he illuminates the skies the people are reminded of the tragic story of Eva and Daniel. And for those not aware of the significance of these fireworks, the story is told once again.

Tomás Rivera, in his notes on the construction of the short story, puts emphasis on the conflicts which, for him, a story should address: "If there is no conflict, there is no narration, only mere description. The conflict or problem of each story is what interests us as a story. The more intriguing the conflict, the more the story will interest the reader. There exists in each of us not only the vicarious sensibility of experiencing the conflict of another person, but also the natural tendency of wanting to know the resolution of conflicts."[7] Rivera adds that conflicts can be categorized in three types:

> (1) First, there exists what one could call the physical conflict. This is the conflict between man and nature. Included in this conflict is all that surrounds man, the natural and physical environment. Man himself, however, is excluded as part of this surrounding, although he is an integral part of nature.
> (2) There is the social conflict, which exists between men. This conflict can be ideological, physical or psychological; it entails a struggle between men.
> (3) Finally, there is the internal conflict. This type of conflict is psychological and takes place within a character. Certainly, this type of internal con-

flict can manifest other conflicts, social or natural. It is necessary to bear in mind that a short story can contain all three types of conflicts or a combination of two or only one. Nonetheless, it is usually the case that one type will predominate over the others.

By applying these types of conflict to "Pete Fonseca" and to "Eva and Daniel," we will note that the latter is characterized primarily by the third type of conflict: the psychological conflict that Daniel undergoes as a result of Eva's death. In "Pete Fonseca" the social conflict is manifested, but in a twofold manner. First, there is the social conflict between man and woman, as Pete deceives and takes adavantage of La Chata; secondly, there is the social conflict between Pete, the pachuco outcast, and the rest of his society who censure his disregard of the society's norms of conduct, and who, likewise, are deceived into believing that Pete has mended his ways. The story's conclusion affirms the society's values and brands Pete as an outcast once again. In the other stories we shall note a more complex combination of conflicts.

"The Salamanders," "The Harvest" and "Zoo Island" bring into the foreground the experience of the migratory cycle. In the first two this cycle is enclosed within the greater cycle of life, death and regeneration. "Zoo Island" depicts the attempt by a group of people to affirm their existence by creating a community.

Like "Pete Fonseca," the point-of-view in "The Salamanders" is that of an adult remembering a childhood experience, in this case, however, the adolescent is the protagonist: "What I remember most about that night is the darkness, the mud and the slime of the salamanders. But I should start from the beginning so you can understand all of this . . ." The story contains two levels. The first is the narrative level recounting the attempt by a migratory family to find work, during which time the protagonist experiences a profound feeling of alienation, which is overcome when the family unites in the killing of the salamanders that have invaded their tent. The second is the symbolic-allegorical account of a group of dispossessed people—a dispossession experienced in an absolute, metaphysical sense. The Chicano family, pariahs of a majority society, put up their tents on a parcel of land not realizing that they will be invaded by salamanders seeking to reclaim the land. The struggle that ensues with the salamanders can be perceived as a primordial struggle with death, the victory over which achieves their regeneration. "The Salamanders" is probably the most taut, most compelling, most psychologically penetrating story in this collection, ranking among the finest of Rivera's fiction. Taking place in a deluge causing the migratory family to drift from one farm to another in search of work, framed by a cycle of darkness and dawn, the story takes on a biblical atmosphere, replete with symbolic meaning that culminates in the encounter with the salamanders in a metaphysical struggle with an archetypal death.[8] This story incorporates all of the conflicts as defined by Rivera. There is the physical struggle against nature, the conflict between the migrant farmworkers and the dominant society, and the internal, spiritual struggle against death and alienation. This final conflict is, perhaps, the most pervasive one.

"The Harvest" presents a theme that is absent in . . . *y no se lo tragó la tierra*. By the novel's very title, we note that the land is seen as the migrant worker's antagonist, the struggle against nature. But within the realm of the social conflict, the land is a political and economic extension of the dominant society. With the land, Anglo agribusiness literally forces the Chicano migrant worker to his knees. Nonetheless, an aspect of Chicano reality is missing in *Tierra*—the *campesino*'s love of the land. In the ideological thrust of the novel, this theme would have been contradictory.

The story takes place in *el norte*, up north, where the harvest is about to end and the migrant workers are about to return to Texas. The omniscient narrator's lyrical exposition of the fall harvest places this cycle within the greater cycle of nature:

> The end of September and the beginning of October. That was the best time of the year. First, because it was a sign that the work was coming to an end and that the return to Texas would start. Also, because there was something in the air that the folks created, an aura of peace and death. The earth also shared that feeling. The cold came more frequently, the frosts that killed by night, in the morning covered the earth in whiteness. It seemed that all was coming to an end. The folks felt that all was coming to rest.

Through the folk motif of buried treasure, the story's young protagonist discovers not monetary riches but the revelation of belonging to a transcendent cycle of life, death and regeneration. The sense of deracination caused by migrant farmwork is countered by the youngster's awareness of belonging to a world of which external forces cannot deprive him. The love and sense of continuity, regeneration, that the earth teaches him awakens him to the love of his people and to the awareness of their continuity.

In "Zoo Island" we note the establishment of community. The action takes place in Iowa where the migrant workers are contracted to clean the fields of thistle. The only lodging afforded them is the landowner's "gallineros," chicken shacks that have been converted into small living quarters. The protagonist awakens one day with a desire to realize what he has just dreamed: "Jose had just turned fifteen when he woke up one day with a great desire of taking a census count, of making a town, and making everybody in it do what he he said."

As in many of the episodes of Rivera's novel, in this story there are anonymous voices which narrate. Thus, while the plot deals with the census and finding a name for the town, the voices express the socio-ideological conflict. The first dialogue registers a complaint against the Anglos, who, filled with curiosity, take Sunday rides by the farm to look at the Chicano field workers, who are made to feel as if they were monkeys in a zoo.[9] The third dialogue, still expressing the social discrepancy between the Chicanos and the Anglos, manifests the desire of the Chicanos to exist as a community. The census makes them feel important, *counted*; furthermore, they believe themselves to be more than the population of the town down the road:

> "See here, in that little town where we buy our food, there's only eighty-three souls, and you know what? They have a church, a dance hall, a filling station, a grocery store and even a little school. Here, we're more than eighty-three, I'll bet, and we don't have any of that. Why, we only have a water pump and four out-houses, right?"

Jose and his aids arrive at a census of eighty-seven; actually, there are eighty-six, but, as the narrator explains, "the boys came up with a figure of eighty-seven because two women were expecting and they counted them for three."

Then it occurs to Jose that they forgot to count Don Simon. When they interview him, he leaves them with a revelation—"I kinda like what ya'll are doing. By counting yourself, you begin everything. That way you know you're not ony here but that you're alive"—then he provides them with the name of their community: "Ya'll know what you oughta call this place? . . . Zoo Island." The next day all the members of the community take their picture next to the sign the boys have put at the farm gate: "It said: Zoo Island, Pop. 88 1/2. One of the women had given birth."

In this establishment of community, Jose, who had wanted to found a town where everyone would do what he said, comes to learn that the values of the group prevail over those of the individual. In the story's conclusion, we perceive Jose's transcendence of his ego, as he experiences the pride and exhilaration of being part of the town.[10]

It is important to note that "Zoo Island" is not a self-disparaging name; it is a transparent sign through which two societies look at each other. From their perspective outside this new town, the Anglo onlookers will perceive the sign as marking the town's inhabitant's as monkeys; but they will fail to note that, with the sign, the Chicanos have ironically marked the Anglos.[11] From within the town, the inhabitants see the spectators as inhumane. "Zoo Island" is a sign both of community and protest. Within the town "souls" abide.

The theme of death, present in much of Rivera's work, appears in two guises, often together. One is the death of a member of the family or Chicano community; the other is death itself, what Rivera calls "original death," as in "The Salamanders." The struggle with death, in the absolute sense, is engaged in order to affirm the existence and continuity of *la raza*, the Chicano people.[12] The death of the individual is part of this struggle, as Rivera's implied author urges his people not to forget the dead.

"Inside the Window," from Rivera's unfinished novel *La casa grande del pueblo*, deals with the effect that death has in the psyche of the young protagonist, Enrique. As the novel's title suggests, and as the story implies, it appears that Rivera wanted to portray a Chicano community, all of whose members live in one large house.[13] Here the house would be a symbol of that community whose residents number eighty-six, almost the same as "Zoo Island."

In the story, the window is the device through which the reader gains entry into the house and then into the mind of Enrique. "Surely at night, if you looked in through the window, you would not be aware of the window itself. It's a gray square which looks inside." Enrique's narration is an interior monologue that occurs as he lies in bed in the morning, pondering a strange experience. This monologue is interrupted at various points by an anonymous voice telling him to get up: "Hurry up, get up." This reiterated motif serves as an ironic reversal, when it is Enrique who urges his dead friend Chuy to wake up: "Wake up, Chuy, stop playing." The experience that Enrique undergoes at the conclusion not only reveals the shock that death provokes, but also indicates that death is a rite—in Enrique's case, a rite of passage—that solidifies community through the memory of the dead.

The final story, "Looking for Borges," is quite unlike the other stories. In it we do not find the migrant experience nor a story based on concrete reality. In a Borgean style, oneiric and enigmatic, the story concerns a person who, following Borges' advice, seeks the truth in every word, in every book, in every library—a theme familiar to readers of Borges. The story's conclusion leaves no doubt that the story is a parody. By means of his imitation of Borges, Rivera presents an anti-Borgean

parable. Although Borges' work insists on the futility of finding an absolute truth in the universe, his stories do exploit philosophical theories on
the meaning of existence, not because Borges believes in them but because
they appeal to him esthetically, as delicious fictions. Like his libraries,
Borges' short stories are enclosed worlds, replete with self-referentiality,
without any reference to the world in which we live. With his parable,
Rivera sets forth an *ars poetica* which is opposed to Borges' nihilism.
Perhaps, Rivera believed (as have others) that Borges "fictions" deal
mainly with life in the abstract, without regard to the truth of human
problems and social realities.[14] Rivera, through this parody, reveals a phi-
losophy of social commitment.[15]

I wrote Tierra *because I was a Chicano and am a Chicano. This can never
be denied, obliterated or reneged from now on. I chose to create and yet I
had no idea of the effect of that creation.*[16]

From this succinct but complex statement, we could extrapolate practically all the reasons for the creation of Chicano literature. What Rivera
says essentially speaks for all Chicanos. First of all he wrote *Tierra*, and
these stories, because he was a Chicano. Rivera mentions how in his youth
he never read about the Chicano in American literature. In 1958, however,
there occurred a significant event that was fundamental in the determina-
tion of Rivera's career as a writer: he discovered and read Americo
Paredes' *"With His Pistol in His Hand": A Border Ballad and Its Hero.*[17]
Paredes' cultural analysis of the folk hero, Gregorio Cortez, and of the
various corridos, ballads, caused Rivera to realize two things. First, that
the literature of his people had to be written from the Chicano point of
view; it had to be written by a Chicano—who else could write about the
Chicano but the Chicano?; who else could write about the Chicano experience? Second, that "Chicano" not only designated an ethnic racial group
but also a working class. This identification of ethnic group and social
class, in turn, determined the ideological posture and the artistic transmis-
sion of this Chicano literature. On the one hand, it affirmed the Chicanos'
own values and the reparation of injustice caused by Anglo socio-political
supression; and, on the other, it made use of their folk and oral literary
traditions.[18] These are the elements that Rivera saw in the ballad of Gregorio Cortez. What few literary portrayals of the Chicano that existed—
written by non-Chicanos—were, thus, incomplete, often untrue, and in
many cases presented a distorted view of Chicanos. We can perceive in the

cited assertion, then, that Rivera had an ethical obligation to write of his people, to record their collective experience, to document their existence. In this regard he chose to write of the people with whom he was most ideologically and socially tied: the migrant farmworkers. As a result, his people can now read of themselves, and those who are aware of this type of existence can say: "Sí, así era" ("Yes, that's the way it was"). And those who have little or no knowledge of the migrant experience can find out about that life and vicariously share an experience that is also theirs by virtue of being Chicano. That is, the migrant experience is but one of the many experiences of the Chicano people. Due to the efforts of Chicano writers like Rivera, the Chicano is now faithfully portrayed in literature. He or she is *invented* in literature, *created* to the extent that his or her character becomes recognizable, real and true. Through literary representation, therefore, Chicanos exist. For Rivera, literature had to *mean* something; it was not just an abstract invention of the mind, a Borgean alphabet soup. The Chicano can pick up Rivera's book and say: "Está hablando de nosotros" ("He's talking about us"). Finally, the rest of the American people, and others, can also gain awareness of the Chicano because *este pueblo*, this people, has become represented in American literature.

The Translation

With the selection of the narratives that would make up the final draft of . . .*y no se lo tragó la tierra*, Herminio Ríos began the English translation, . . . *and the earth did not part*, "in collaboration with the author, with assistance by Octavio I. Romano-V." (xix). Those narratives that were excluded and subsequently published—"El Pete Fonseca," "Eva y Daniel"—were probably translated by Rivera himself. The former was written first in Spanish, but it was first published in English as "On the Road to Texas: Pete Fonseca."[20] "Eva y Daniel" was published in a bilingual format. The narratives from *Tierra* that remained unpublished were not translated until their inclusion in this collection. With regard to the remaining stories, first, it is uncertain if "En busca de Borges"/"Looking for Borges" was written first in Spanish or English. It appeared first in English in the inaugural issue of *Revista Chicano-Riqueña*, 1973, then in Spanish two years later. "Las salamandras" was written in Spanish and first published in 1974, with the English translation appearing alongside

82

the Spanish version in 1975. The last story he wrote was "La cara en el espejo," appearing in 1975, and published in English as "Inside the Window" in 1977.

Rivera's "On the Road to Texas: Pete Fonseca" and "Looking for Borges" remain essentially intact. With both stories, I have expanded their conclusions to coincide with their Spanish versions. Rivera's English translation of "El Pete Fonseca" cuts short the conclusion of the Spanish version, which was published later in *Revista Chicano-Riqueña*. I have translated this conclusion ("I remember that Pete appeared out of nowhere . . ."; see the introduction) because it repeats the exposition, which together, frame the story and give emphasis to the mythic configuration of the pachuco. In "En Busca de Borges," Rivera added a phrase at the end, which makes his anti-Borgean stance more manifest. This has been translated as: ". . . with a look of hope on their faces which at times seemed idiotic." With "Eva and Daniel," I translated and added a sentence that was missing from the English version ("There were some very heated discussions but, finally, Eva's parents consented to their marriage"). I have made minor revisions to "Inside the Window" and to "The Salamanders" for the purposes of clarification and readability. In the case of "The Harvest" and "Zoo Island," I have supplied the complete translations (with suggestions by Rolando Hinojosa, for which I am grateful).

I wish to express my gratitude to the National Endowment for the Humanities and to the University of Houston for the travel grants that allowed me to do research at the Tomás Rivera Archives, University of California, Riverside, and which made this complete collection of the short fiction of Tomás Rivera a reality. I also acknowledge the generous assistance of Mr. Armand Martinez-Standifird, archivist of the Tomás Rivera papers, and I especially thank Mrs. Concepción Rivera for her enthusiastic support of this project.

Julián Olivares

Notes

[1]Tomás Rivera, . . . *y no se lo tragó la tierra/*. . . *and the earth did not part*, Tomás Rivera, Herminio Ríos, Octavio I. Romano-V., Trans. (Berkeley: Quinto Sol Publications, Inc., 1971); . . . *y no se lo tragó la tierra/*. . . *and the earth did not devour him*, Evangelina Vigil-Piñón, Trans. (Houston: Arte Publico Press, 1987).

[2]See Rafael Grajeda, "Tomás Rivera's . . . *y no se lo tragó la tierra:* Discovery and Appropriation of the Chicano Past," *Hispania* 62.1 (1970): 71–81, reprinted in *Modern Chicano Writers*, Joseph Sommers and Tomás Ybarra-Frausto, Eds., (Englewood Cliffs, NJ.: Prentice Hall, 1979): 74–85; Joseph Sommers, "From the Critical Premise to the Product, Critical Modes and Their Applications to a Chicano Literary Text," *New Scholar* 6 (1977): 67–75; reprinted in *Modern Chicano Writers*, 31–40; and Julián Olivares, "The Search for Being, Identity and Form in the Work of Tomás Rivera," *International Studies in Honor of Tomás Rivera*, Julián Olivares, Ed. (Houston: Arte Publico Press, 1986 [*Revista Chicano-Riqueña* 13.3–4, 1985]): 66–72.

[3]*Always and other poems* (Sisterdale, Texas: Sisterdale Press, 1973); "The Searchers," *Ethnic Literature Since 1776* I (Lubbock: Texas Tech Comparative Studies, (1977): 24–30.

[4]There are twelve narratives that correspond to the months of the year, framed by two other narratives that serve as exposition, "El año perdido"/"The Lost Year," and conclusion, "Debajo de la casa"/"Beneath the House." The original title of the latter was "El año encontrado"/"The Year Found"; a primitive index gives the months of each narrative; in the Tomás Rivera Archives.

[5]See Arturo Madrid-Barela, "In Search of the Authentic Pachuco: An Interpretive Essay," *Aztlan* 4.1 (1974): 31–60; Lauro Flores, "La Dualidad del Pachuco," *Revista Chicano-Riqueña* 6.4 (1978): 51–58; Rafael Grajeda, "The Pachuco in Chicano Poetry: The Process of Legend-Creation," *Revista Chicano-Riqueña* 8.4 (1980): 45–59.

[6]Presented at the meeting of the Modern Language Association, San Francisco, December 1975; in the Tomás Rivera Archives.

[7]Unpublished; in the Tomás Rivera Archives.

[8]In the story, the salamanders, with their blackness and the milky fluid that oozes from their body, appear to symbolize the dualities of life and death. This duality is generated in the text. In Aztec mythology the salamander, *axolote*, symbolizes good and evil, life and death, earth and water. Cognizant of this mythological treatment, Alurista employs the salamander in "Trópico de ceviche," in *Nationchild Plumaroja* (included in Alurista, *Return: Poems Collected and New* [Ypsilanti, MI.: Bilingual Press/Editorial Bilingüe, 1982]: 72–75), and Octavio Paz employs it as the title of a book of poetry, *Salamandra*. Nowhere in Rivera's

work do we note the *indigenismo* motifs that characterize much of the Chicano literature of the 1960's and 70's.

[9]The reader will find a similarity between this dialogue and a passage from "Es que duele"/It's That It Hurts," from the novel *Tierra*.

[10]A similar experience is expressed in the concluding narrative of *Tierra*, "Debajo de la casa"/Beneath the House."

[11]"Zoo Island" is an instance of code-switching, which in literary discourse is often a rhetorical device with an ideological motivation and with an evaluative function; see Rosaura Sánchez, *Chicano Discourse: Socio-historic Perspectives* (Rowley, MA.: Newbury House Publishers, Inc., 1983): 171-72.

[12]See also "The Searchers."

[13]Rolando Hinojosa told me that, in reality, the large house was a two-story Army surplus barrack.

[14]It is assumed that these are precisely the reasons that the Nobel Committee never awarded Borges the Nobel Prize for Literature.

[15]In the correspondence that accompanied this story, submitted for the inaugural issue of *Revista Chicano-Riqueña*, Rivera tells Nicolás Kanellos, editor, that he was teaching a creative writing course at the University of Texas, San Antonio, and that he wrote "Looking for Borges" as an example and stimulus for his students. Although the story was first published in English, like "Pete Fonseca," it is possible that Rivera wrote it first in Spanish. The editor of *Caracol*, in his note to "Salamandra," mentions that Rivera told him in a telephone conversation that "all his prose is written in Spanish. The only things that come out in English are some of his poems," *Caracol* 1.6 (February, 1975): 16. Sommers affirms that, in addition to Juan Rulfo's obvious influence, there is a Borgean influence in *Tierra*: "What needs to be affirmed is that Rivera's knowledge of the themes and techniques of writers such as Borges and Rulfo is deployed so as to meet the challenge of his literary project, involving the narration and interpretation of rural Chicano existence, as understood by the author in 1970. Thus the thematic cluster found in Borges which posits the inseparability of the subjective from the objective, the difficulty of finding truth in empirical data when the causal explanation is located in the mind of the investigator, the vulnerability of logic and reason to the more profound categories of the subconscious and the instinctive, marks the point of departure of Rivera's novel. The boy, like a character in Borges, is immersed in the mystery of self-consciousness, the origin of the thought process and the fallibility of memory. The answers, it seems to him, are locked up in his own being, in his own incapacity to separate dream from reason and to order the past. But the process of the novel, which is the narration of experienced Chicano reality and the struggle to recuperate fragmented time, is Rivera's finding of a way out of the perplexities and the labyrinthine dilemma posed by Borges" (76). Borges' presence as a Visiting Professor at the University of Oklahoma during part of the period that Rivera was there studying for his doctorate helps explain, in part, his literary influence on him. Nonetheless, as Sommers points out, Rivera's emphasis on experienced reality and his faith in the power of memory and volition to find meaning in life distinguishes him from Borge's pessimism (see Tomás Rivera,

"Recuerdo, descubrimiento y voluntad en el proceso imaginativo literario"/ "Remembering, Discovery and Volition in the Literary Imaginative Process," *Atisbos, Journal of Chicano Research* 1 [1975]: 66–76). For Rivera, there are indeed truths, but they can only be found in the realities of the human condition and through socially committed literature. The concluding phrase of the Spanish version of the story, in all probability added after its publication in English, patently demonstrates that Rivera had later definitively distanced himself from Borges' ethics.

[16]Rivera, "Chicano Literature: Dynamic Intimacy."

[17]Américo Paredes, *"With His Pistol in His Hand," A Border Ballad and Its Hero* (Austin: University of Texas Press, 1958). For a discussion of the influence of Paredes' book on Rivera, see his interview with Bruce-Novoa, "Tomás Rivera," *Chicano Authors: Inquiry by Interview* (Austin: University of Texas Press, 1980): 150–51.

The Salamanders

What I remember most about that night is the darkness, the mud and the slime of the salamanders. But I should start from the beginning so you can understand all of this, and how, upon feeling this, I understood something that I still have with me. But I don't have this with me only as something I remember, but as something that I still feel.

It all began because it had been raining for three weeks and we had no work. We began to gather our things and made ready to leave. We had been with that farmer in Minnesota waiting for the rain to stop but it never did. Then he came and told us that the best thing for us to do was to leave his shacks because, after all, the beets had begun to rot away already. We understood, my father and I, that he was in fact afraid of us. He was afraid that we would begin to steal from him or perhaps that one of us would get sick, and then he would have to take the responsibility because we had no money. We told him we had no money, neither did we have anything to eat and no way of making it all the way back to Texas. We had enough money, perhaps, to buy gasoline to get as far south as Oklahoma. He just told us that he was very sorry, but he wanted us to leave. So we began to pick up our things. We were leaving when he softened up somewhat and gave us two tents, full of spider webs, that he had in the loft in one of his barns. He also gave us a lamp and some kerosene. He told my dad that, if we went by way of Crystal Lake in northern Iowa, perhaps we would find work among the farmers and perhaps it had not been raining there so much and the beets had not rotted away. And we left.

In my father's eyes and in my mother's eyes, I saw something original and pure that I had never seen before. It was a sad type of love, it seemed. We barely talked as we went riding over the gravel roads. The rain seemed to talk for us. A few miles before reaching Crystal Lake, we began to get remorseful. The rain that continued to fall kept on telling us monotonously that we would surely not find work there. And so it was. At every farm that we came to, the farmers would only shake their heads from inside the house. They would not even open the door to tell us there was no work. It was when they shook their heads in this way that I began to feel that I was not part of my father and my mother. The only thing in my mind that existed was the following farm.

The first day we were in the little town of Crystal Lake everything went bad. Going through a puddle, the car's wiring got wet and my father drained the battery trying to get the car started. Finally, a garage did us the favor of recharging the battery. We asked for work in various parts of that little town, but then they got the police after us. My father explained that we were only looking for work, but the policeman told us that he did not want any gypsies in town and told us to leave. The money was almost gone, but we had to leave. We left at twilight and we stopped the car some three miles from town and there we saw the night fall.

The rain would come and go. Seated in the car near the ditch, we spoke little. We were tired. We were hungry. We were alone. We sensed that we were totally alone. In my father's eyes and in my mother's eyes, I saw something original. That day we had hardly eaten anything in order to have money left for the following day. My father looked sadder, weakened. He believed we would find no work, and we stayed seated in the car waiting for the following day. Almost no cars passed by on that gravel road during the night. At dawn I awoke and everybody was asleep, and I could see their bodies and their faces. I could see the bodies of my mother and my father and my brothers and sisters, and they were silent. They were faces and bodies made of wax. They reminded me of my grandfather's face the day we buried him. But I didn't get as afraid as that day when I found him inside the truck, dead. I guess it was because I knew they were not dead and that they were alive. Finally, the day came completely.

That day we looked for work all day, and we didn't find any work. We slept at the edge of the ditch and again I awoke in the early morning hours. Again I saw my people asleep. And that morning I felt somewhat afraid, not because they looked as if they were dead, but because I began to feel again that I no longer belonged to them.

The following day we looked for work all day again, and nothing. We slept at the edge of the ditch. Again I awoke in the morning, and again I saw my people asleep. But that morning, the third one, I felt like leaving them because I truly felt that I was no longer a part of them.

On that day, by noon, the rain stopped and the sun came out and we were filled with hope. Two hours later we found a farmer that had some beets which, according to him, probably had not been spoiled by the rain. But he had no houses or anything to live in. He showed us the acres of beets which were still under water, and he told us that, if we cared to wait until the water went down to see if the beets had not rotted, and if they had not, he would pay us a large bonus per acre that we helped him cultivate. But he didn't have any houses, he told us. We told him we had some tents with us and, if he would let us, we would set them up in his yard. But he didn't want that. We noticed that he was afraid of us. The only thing that we wanted was to be near the drinking water, which was necessary, and also we were so tired of sleeping seated in the car, and, of course, we wanted to be under the light that he had in his yard. But he did not want us, and he told us, if we wanted to work there, we had to put our tents at the foot of the field and wait there for the water to go down. And so we placed our tents at the foot of the field and we began to wait. At nightfall we lit up the lamp in one of the tents, and then we decided for all of us to sleep in one tent only. I remember that we all felt so comfortable being able to stretch our legs, our arms, and falling asleep was easy. The thing that I remember so clearly that night was what awakened me. I felt what I thought was the hand of one of my little brothers, and then I heard my own screaming. I pulled his hand away, and, when I awoke, I found myself holding a salamander. Then I screamed and I saw that we were all covered with salamanders that had come out from the flooded fields. And all of us continued screaming and throwing salamanders off our bodies. With the light of the lamp, we began to kill them. At first we felt nauseated because, when we stepped on them, they would ooze milk. It seemed they were invading us, that they were invading the tent as if they wanted to reclaim the foot of the field. I don't know why we killed so many salamanders that night. The easiest thing to do would have been to climb quickly into our car. Now that I remember, I think that we also felt the desire to recover and to reclaim the foot of the field. I do remember that we began to look for more salamanders to kill. We wanted to find more to kill more. I remember that I liked to take the lamp, to seek them out, to kill them very slowly. It may be that I was angry at them for having frightened me. Then I began to feel that I was becoming part of my father and my mother and my brothers and sisters again.

What I remember most about that night was the darkness, the mud and the slime of the salamanders, and how hard they would get when I tried to squeeze the life out of them. What I have with me still is what I saw and felt when I killed the last one, and I guess that is why I remember the night of the salamanders. I caught one and examined it very carefully under the lamp. Then I looked at its eyes for a long time before I killed it. What I saw and what I felt is something I still have with me, something that is very pure—original death.

On the Road to Texas: Pete Fonseca

*H*e'd only just gotten there and he already wanted to leave. He arrived one Sunday afternoon walking from the little town where we bought our food on Saturdays and where they didn't mind that we came in the afternoon all dirty from work. It was almost dark when we saw this shadow crossing the field. We'd been fooling around in the trees and when we saw him we were almost scared, but then we remembered there was more of us so we weren't so scared. He spoke to us when he got near. He wanted to know if there was any work. We told him that there was and there wasn't. There was, but there wasn't till the weeds grew. It'd been pretty dry and the weeds didn't grow and all the fields were real clean. The landowner was pretty happy about it since he didn't have to pay for weeding the onion fields. Our parents cursed the weather and prayed for rain so the weeds'd grow and we had to make like we cared too, but, really, we liked getting up late, wandering around among the trees and along the stream killing crows with our slingshots. That's why we said there was but there wasn't. There was work but not tomorrow.

"Aw, fuck it all."

We didn't mind him talking like that. I think we realized

how good his words went with his body and clothes.

"There's no goddamned work no fuckin' place. Hey, can you give me something to eat? I'm fuckin' hungry. Tomorrow I'm going to Illinois. There's work there for sure . . ."

He took off his baseball cap and we saw that his hair was combed good with a pretty neat wave. He wore those pointed shoes, a little dirty, but you could tell they were expensive ones. And his pants were almost pachuco pants. He kept saying *chale* and also *nel* and *simón** and we finally decided that he was at least half pachuco. We went with him to our chicken coop. That's what we called it because it really was a turkey coop. The owner had bought ten turkey coops from a guy who sold turkeys and brought them to his farm. We lived in them, though they were pretty small for two families, but pretty sturdy. They didn't leak when it rained, but, even though we cleaned them out pretty good inside, they never really lost that stink of chicken shit.

His name was Pete Fonseca and Dad knew a friend of his pretty good. Dad said he was a big mouth since he was always talking about how he had fourteen gabardine shirts and that's why the folks called him *El Catorce Camisas*. They talked about Fourteen Shirts a while, and, when we went to eat beans with slices of Spam and hot flour-tortillas, Dad invited him to eat with us. He washed his face good and his hands too, and then he combed his hair real careful, asked us for Brilliantine and combed his hair again. He liked the supper a lot and we noticed that when Mom was there he didn't use pachuco words. After supper he talked a little more and then laid down on the grass, in the shade where the light from the house wouldn't hit him. A little while later he got up and went to the outhouse and then he laid down again and fell asleep. Before we went to sleep, I heard Mom say to Dad that she didn't trust that guy.

"Me neither. He's a real con man. Gotta be careful with him. I've heard about him. Catorce Camisas is a big mouth, but I think it's him who stabbed that wetback in Colorado and they kicked him out of there or he got away from the cops. I think it's him. He also likes to smoke marijuana. I think it's him. I'm not too sure . . ."

Next morning it was raining and when we looked out the window we saw that Pete had gotten in our car. He was sitting up but it looked like he was sleeping because he wasn't moving at all. I guess the rain waked him up and that's how come he got in the car. Around nine it stopped raining so we went out and told him to come have breakfast. Mom made him some eggs and then he asked if there was any empty house or some place he could live. And when was work going to start? And how much did they pay? And how much could you get a day? And how many of us worked? Dad told him that we all worked, all five of us, and that sometimes we made almost seventy bucks a day if we worked about fourteen hours. After breakfast Dad and Pete went out and we heard him ask Dad if there were any broads on the farm. Dad answered laughing that there was only one and she was sort of a loser. La Chata, snub-nose. And they went on talking along the path that went around the huts and to the water pump.

They called her *La Chata* because when she was little

she got sick with something like mange on her face and the nose bone had gotten infected. Then she got better but her nose stayed small. She was real pretty except for her nose and everyone spoke bad about her. They said that even when she was little she liked men a lot and everything about them. When she was fifteen she had her first kid. Everyone blamed one of her uncles but she never told who it was. Her Mom and Dad didn't even get angry. They were pretty nice. Still are. After that, she'd shack up with one guy and then another, and each one left her with at least one kid. She gave some away, her parents took care of others, but the two oldest stayed with her. They were big enough to work now. When Pete arrived, it was just two weeks after she'd lost again. Her last husband had left; he didn't even get mad at her or anything. Just left. La Chata lived in one of the biggest chicken coops with her two sons. That's why Dad told Pete there was only one and she was sort of a loser. We figured Pete was pretty interested in what Dad said, and it seemed pretty funny since La Chata must've been about thirty-five and Pete, well, he couldn't have been more than twenty-five.

Anyhow, it turned out he was interested in what Dad said, because later, when we were fooling around near the pump, he asked us about La Chata. Where did she live, how old was she, was she any good? We were just talking about that when La Chata came down to get water and we told him that was her. We said hello to her and she said hello to us, but we noticed that she kept on looking at Pete. Like the people say, she gave him the eye. And even more when he asked her her name.

"Chavela."
"Hey, that's my mother's name."
"No kidding."

"Honest, and my grandmother's too."

"You son-of-a-bitch."

"You don't know me yet."

La Chata left the pump, and when she was pretty far away, Pete sighed and said real loud:

"Hey, mamasita, mamasota linda!"

Just to make sure she heard—he told us afterwards. Because, according to him, broads like to be called that. From then on we noticed that everytime La Chata was near Pete he would always call her *mi chavelona* real loud. He said it loud so she'd hear and I think La Chata liked it because, when work started, she always chose the rows nearest Pete and, if he got ahead of her, she'd try and catch up. And then when the boss brought us water, Pete always let her drink first. Or he helped her get on and off the truck. The first Saturday they paid us after Pete got there, he bought some fritos for La Chata's kids. That's how it began.

I liked it best when he sang her songs. Pete was going to stay and work, he'd say, until everything was over. He went to live with two other guys in an old trailer they had there. We used to go after supper to talk to them, and sometimes we'd sing. He'd go outside, turn towards La Chata's house and sing with all his might. In the fields, too, we'd just get close to her or she'd come along and Pete would let go with one of his songs. Sometimes he even sang in English: *sha bum sha bum* or *lemi go, lemi go lober*, and then in Spanish: *Ella quiso quedarse, cuando vio mi tristeza . . . Cuando te hablen de amor y de ilusiones . . .* Sometimes he'd even stop working and stand up in the row, if the boss wasn't there, and he'd sort of move his hands and his body. La Chata'd look out of the corner of her eye, like it bothered her, but she always went on taking the rows next to Pete, or meeting him, or catching up to him. About two weeks later they both started going to get water at the truck together, when the boss didn't bring it, and then they'd go behind the truck a while and then La Chata would come out fixing her blouse.

Pete would tell us everything afterwards. One day he told us that, if we wanted to see something, we should hide behind the trailer that night and he'd try and get her to go in the trailer.

"You know what for . . . to give her candy . . ."

Us and the guys who lived with him hid behind the trailer that night and then after a long time we saw La Chata coming towards the trailer. Pete was waiting for her and she'd just got there and he took her hand and pulled her towards him. He put his hand up under her skirt and started kissing her. La Chata didn't say anything. Then he leaned her up against the trailer, but she got away and told him you son-of-a-bitch, not so fast. Pete was inviting her to come into the trailer but she didn't want to and so they stayed outside. Do you love me, will you marry me, yes I will, when, right now, what about the other cat. Finally she left. We came out of the dark and he told us all about it. Then he started telling us all about other broads he'd made. Even white ones. He'd brought one from Chicago and set up his business in Austin.

There, according to him, the Johns would line up at five bucks a throw. But he said that the broad he'd really loved was the first one he married, the right way, in the Church. But she'd died with the first kid.

"I sure cried for that woman, and since then nothing. This fuckin' life . . . now with this *chavelona*, I'm beginning to feel something for her . . . she's a good person, if you know what I mean."

And sometimes he'd start thinking. Then he'd say real sincere like:

"Ay, mi chavelona . . . man, she's a hot one . . . but she won't let me . . . until I marry her, she says."

Three days after we'd hid, Pete decided to get married. That's why all that week that's all he talked about. He had nothing to lose. Why, him and La Chata and the two boys could save a lot. He'd also have someone to cook his gorditas for him and his nice hot coffee, and someone to wash his clothes, and according to Pete, she could handle at least one John a night. He'd start calculating: at four dollars a throw, at least, times seven nights, that was twenty-eight dollars a week. Even if *he* couldn't work, things'd be pretty good. He also said he liked La Chata's boys. They could buy a jalopy and then Sundays they could take rides, go to a show, go fishing or to the dump and collect copper wire to sell. In fact, he said, him marrying La Chavelona was good for all of them. And the sooner the better.

A little while later he came to talk to Dad one night. They went out on the road where no one could hear them and they talked a pretty long time. That night we heard what Dad and Mom were saying in the dark:

"Get this: he wants to marry La Chata! He wants to elope with her, but what in? So it's better to get married for real. But—get this—he's got some sickness in his blood so he doesn't want to go into town to get the papers. So what he wants is for me to go and ask La Chata's father, Don Chon, for her hand. He wants me to go right away, tomorrow . . . 'Don Chon, I've come today commissioned to ask for the hand of your daughter, Isabel, in matrimony with young Pedro Fonseca.' How's that eh? . . . How's it sound, honey? . . . Tomorrow after work, right before supper . . ."

Next day all you heard about was how they were going to ask for La Chata's hand. That day Pete and Chavela didn't even talk to each other. Pete went around all day real quiet and sort of glum, like he wanted to show us how serious he was. He didn't even tell us any jokes like he always did. And La Chata also looked real serious. She didn't laugh any all day and every now and then she'd yell at her kids to work faster. Finally the work day finished and before supper Dad washed up, parted his hair four or five times, and went straight to Don Chon's house. Pete met him in the front yard and they both knocked at the door. They went in. *It was okay—they'd asked them to come in*. About half an hour later they all came out of the house laughing. *They'd agreed*. Pete was hugging La Chata real tight. Pretty soon they went into Chavela's house and when it got dark they closed the doors and pulled down the shade on the windows, too. That night Dad told us about ten times what had happened when he went to ask for her hand.

"Man, I just spoke real diplomatic and he couldn't say no . . ."

Next day it rained. It was Saturday and that was when we really celebrated the wedding. Almost everyone got drunk. There was a little dancing. Some guys got into fights but pretty soon everything calmed down.

They were real happy. There started to be more and more work. Pete, La Chata and the boys always had work. They bought a car. Sundays they'd go driving a lot. They went to Mason City to visit some of La Chata's relatives. She was sort of strutting around real proud. The boys were cleaner now than ever. Pete bought a lot of clothes and was also pretty clean. They worked together, they helped each other, they took real good care of each other, they even sang together in the fields. We all really liked to see them because sometimes they'd even kiss in the fields. They'd go up and down the rows holding hands . . . *Here come the young lovers*. Saturday they'd go shopping, and go into some little bar and have a couple after buying the groceries. They'd come back to the farm and sometimes even go to a show at night. They really had it good.

"Who would of said that that son-of-a-gun would marry La Chata and do her so right? It looks like he really loves her a lot. Always calling her *mi chavelona*. And can you beat how much he loves those kids? I tell you he's got a good heart. But who was to say that he did? Boy, he looks like a real pachuco. He really loves her, and he doesn't act at all high and mighty. And she sure takes better care of him than the other guy she had before, don't you think? And the kids, all he does is play with them. They like him a lot too. And you gotta say this about him, he's a real hard worker. And La Chata, too, she works just as hard. Boy, they're gonna pick up a pretty penny, no? . . . La Chata finally has it pretty good . . . Man, I don't know why you're so mistrusting, honey . . ."

Six weeks after the wedding the potato picking ended. There were only a couple of days more work. We figured by Tuesday everything would be over and so we fixed up the car that weekend since our heads were already in Texas. Monday I remember we got up early and Dad, like always, beat us to the outhouse. But I don't even think he got there because he came right back with the news that Pete had left the farm.

"But what do you mean, Dad?"
"Yeah, he left. He took the car and all the money they'd saved between him and La Chata and the boys. He left her without a cent. He took everything they'd made . . . What did I tell You? . . . He left . . . What did I tell you?"

La Chata didn't go to work that day. In the fields that's all people talked about. They told the boss about it but he just shook his head, they said. La Chata's folks were good and mad, but I guess we weren't too much. I guess because nothing had happened to us.

Next day work ended. We didn't see La Chata again that year. We came to Texas and a couple of months later, during Christmas, Dad talked to Don Chon who'd just come down from Iowa. Dad asked him about Pete and he said he didn't know, that he heard he'd been cut up in a bar in Minnesota and was going around saying the cops had taken all his money and the car, and that the boss had told the cops after all, and they'd caught him in Albert Lea. Anyhow, no one had given any money to Don Chon or La Chata. All we remembered was how he'd only just gotten there and he already wanted to leave. Anyhow, Pete made his little pile. That all happened around '48. I think La Chata is dead now, but her kids must be grown men. I remember that Pete appeared out of nowhere, like the devil himself—bad, then he turned good, then went bad again. I guess that's why we thought he was a shadow when we first saw him.

Caló: "chale"—no, cool it; "nel"—no; "simón"—yes.

Eva and Daniel

*P*eople still remember Eva and Daniel. They were both very good looking, and in all honesty it was a pleasure to see them together. But that's not the reason people remember them. They were very young when they got married or, rather, when they eloped. Her parents hardly got angry at all, and, if they did, it was for a very short time and that was because everyone who knew Daniel liked him very much and had many good reasons to like him. They eloped up north during the County Fair that was held every year in Bird Island.

Both families lived on the same ranch. They worked together in the same fields, they went to town in the same truck and they just about had their meals together; they were that close. That's why no one was surprised when they started going together. And, even though everyone knew about it, no one let on, and even Eva and Daniel, instead of talking with one another, would write letters to each other once in a while. I remember very clearly that that Saturday when they eloped they were going happily to the fair in the truck. Their hair was all messed up by the wind, but when they got to the fair they didn't even remember to comb it.

They got on every ride, then they separated from the group and no one saw them again until two days later.

"Don't be afraid. We can take a taxi to the ranch. Move over this way, come closer, let me touch you. Don't you love me?"

"Yes, yes."

"Don't be afraid. We'll get married. I don't care about anything else. Just you. If the truck leaves us behind, we'll go back in a taxi."

"But they're going to get after me."

"Don't worry. If they do, I'll protect you myself. Anyway, I want to marry you. I'll ask your father for permission to court you if you want me to. What do you say? Shall we get married?"

At midnight, when all the games were closed and the lights of the fair were turned off and the explosions of the fireworks were no longer heard, Eva and Daniel still hadn't shown up. Their parents started to worry then, but they didn't notify the police. By one-thirty in the morning the other people became impatient. They got on and off the truck every few minutes and, finally, Eva's father told the driver to drive off. Both families were worried. They had a feeling that Eva and Daniel had eloped and they were sure they would get married, but they were worried anyway. And they would keep on worrying until they saw them again. What they didn't know was that Eva and Daniel were already at the ranch. They were hiding in the barn, up in the loft where the boss stored hay for the winter. That's why, even though they looked for them in the nearby towns, they didn't find them until two days later when they came down from the loft very hungry.

There were some very heated discussions but, finally, Eva's parents consented to their marriage. The following day they took Eva and Daniel to get their blood test, then a week later they took them before the judge and the parents had to sign because they were too young.

"You see how everything turned out alright."

"Yes, but I was afraid when father got all angry. I even thought he was going to hit you when he saw us for the first time."

"I was afraid too. We're married now. We can have children."

"Yes."

"I hope that they grow real tall and that they look like you and me. I wonder how they will be?"

"Just let them be like you and me."

"If it's a girl I hope she looks like you; if it's a boy I hope he looks like me."

"What if we don't have any?"

"Why not? My family and your family are very large."

"I'll say."

"Well, then?"

"I was just talking."

Things really began to change after they were married. First of all because, by the end of the first month of their marriage, Eva was vomiting often, and then also Daniel received a letter from the government telling him to be in such and such town so that he could take his physical for the army. He was afraid when he saw the letter, not so much for himself, but he immediately sensed the separation that would come forever.

"You see, son, if you hadn't gone to school you wouldn't have passed the examination."

"Oh, mama. They don't take you just because you passed the examination. Anyway I'm already married, so they probably won't take me. And another thing, Eva is already expecting."

"I don't know what to do, son, every night I pray that they won't take you. So does Eva. You should have lied to them. You should have played dumb so you wouldn't pass."

"Oh, come on, mama."

By November, instead of returning to Texas with his family, Daniel stayed up north, and in a few days he was in the army. The days didn't seem to have any meaning for him—why should there be night, morning or day. Sometimes he didn't care anything about anything. Many times he thought about escaping and returning to his own town so that he could be with Eva. When he thought at all, that was what he thought about—Eva. I think he even became sick, once or maybe it was several times, thinking so much about her. The first letter from the government had meant their separation, and now the separation became longer and longer.

"I wonder why I can't think of anything else other than Eva? If I hadn't known her, I wonder what I would think about. Probably about myself, but now . . ."

Things being what they were, everything marched on. Daniel's training continued at the same pace as Eva's pregnancy. They transferred Daniel to California, but before going he had the chance to be with Eva in Texas. The first night they went to sleep kissing. They were happy once again for a couple of weeks but then right away they were separated again. Daniel wanted to stay but then he decided to go on to California. He was being trained to go to Korea. Later Eva started getting sick. The baby was bringing complications. The closer she came to the day of delivery, the greater the complications.

"You know, viejo, something is wrong with that baby."

"Why do you say that?"

"Something is wrong with her. She gets very high fevers at night. I hope everything turns out all right, but even the doctor looks quite worried. Have you noticed."

"No."

"Yesterday he told me that we had to be very careful with Eva. He gave us a whole bunch of instructions, but it's difficult when you can't understand him. Can you imagine? How I wish Daniel were here. I'll bet you Eva would even get well. I already wrote to him saying that she is very sick, hoping that he'll come to see her, but maybe his superiors won't believe him and won't let him come."

"Well, write to him again. Maybe he can arrange something, if he speaks out."

"Maybe, but I've already written him a number of letters saying the same thing. You know, I'm not too worried about him anymore. Now I worry about Eva. They're both so young."

"Yes they are, aren't they."

Eva's condition became worse and, when he received a letter from his mother in which she begged him to come see his wife, either Daniel didn't make himself understood or his superiors didn't believe him. They didn't let him go. He went AWOL just before he was to be sent to Korea. It took him three days to get to Texas on the bus. But he was too late.

I remember very well that he came home in a taxi. When he got down and heard the cries coming from inside the house he rushed in. He went into a rage and threw everyone out of the house and locked himself in for almost the rest of the day. He only went out when he had to go to the toilet, but even in there he could be heard sobbing.

He didn't go back to the army and no one ever bothered to come looking for him. Many times I saw him burst into tears. I think he was remembering. Then he lost all interest in himself. He hardly spoke to anyone.

One time he decided to buy fireworks to sell during Christmas time. The package of fireworks which he sent for through a magazine advertisement cost him plenty. When he got them, instead of selling them, he didn't stop until he had set them all off himself. Since that time that's all he does with what little money he earns to support himself. He sets off fireworks just about every night. I think that's why around this part of the country people still remember Eva and Daniel. Maybe that's it.

The Harvest

The end of September and the beginning of October. That was the best time of the year. First, because it was a sign that the work was coming to an end and that the return to Texas would start. Also, because there was something in the air that the folks created, an aura of peace and death. The earth also shared that feeling. The cold came more frequently, the frosts that killed by night, in the morning covered the earth in whiteness. It seemed that all was coming to an end. The folks felt that all was coming to rest. Everyone took to thinking more. And they talked more about the trip back to Texas, about the harvests, if it had gone well or bad for them, if they would return or not to the same place next year. Some began to take long walks around the grove. It seemed like in these last days of work there was a wake over the earth. It made you think.

That's why it wasn't very surprising to see Don Trine take a walk by himself through the grove and to walk along the fields every afternoon. This was at the beginning, but when some youngsters asked him if they could tag along, he even got angry. He told them he didn't want anybody sticking behind him.

"Why would he want to be all by hisself, anyway?"
"To heck with him; it's his business."
"But, you notice, it never fails. Every time, why, some-times I don't even think he eats supper, he takes his

walk. Don't you think that's a bit strange?"

"Well, I reckon. But you saw how he got real mad when we told him we'd go along with him. It wasn't anything to make a fuss over. This ain't his land. We can go wherever we take a liking to. He can't tell us what to do."

"That's why I wonder, why'd he want to walk by hisself?"

And that's how all the rumors about Don Trine's walks got started. The folks couldn't figure out why or what he got out of taking off by himself every afternoon. When he would leave, and somebody would spy on him, somehow or other he would catch on, then take a little walk, turn around and head right back to his chicken coop. The fact of the matter is that everybody began to say he was hiding the money he had earned that year or that he had found some buried treasure and every day, little by little, he was bringing it back to his coop. Then they began to say that when he was young he had run around with a gang in Mexico and that he always carried around a lot of money with him. They said, too, that even if it was real hot, he carried a belt full of money beneath his undershirt. Practically all the speculation centered on the idea that he had money.

"Let's see, who's he got to take care of? He's an old bachelor. He ain't never married or had a family. So, with him working so many years . . . Don't you think he's bound to have money? And then, what's that man spend his money on? The only thing he buys is his bit of food every Saturday. Once in a while, a beer, but that's all."

"Yeah, he's gotta have a pile of money, for sure. But, you think he's going to bury it around here?"

"Who said he's burying anything? Look, he always goes for his food on Saturday. Let's check close where he goes this week, and on Saturday, when he's on his errand, we'll see what he's hiding. Whadda you say?"

"Good'nuff. Let's hope he doesn't catch on to us."

That week the youngsters closely watched Don Trine's walks. They noticed that he would disappear into the grove, then come out on the north side, cross the road then cross the field until he got to the irrigation ditch. There he dropped from sight for a while, then he reappeared in the west field. It was there where he would disappear and linger the most. They noticed also that, so as to throw people off his track, he would take a different route, but he always spent more time around the ditch that crossed the west field. They decided to investigate the ditch and that field the following Saturday.

When that day arrived, the boys were filled with anticipation. The truck had scarcely left and they were on their way to the west field. The truck had not yet disappeared and they had already crossed the grove. What they found they almost expected. There was nothing in the ditch, but in the field that had been harrowed after pulling the potatoes they found a number of holes.

"You notice all the holes here? The harrow didn't make these. Look, here's some foot prints, and notice that the holes are at least a foot deep. You can stick your arm in them up to your elbow. No animal makes these kind of holes. Whadda you think?"

"Well, it's bound to be Don Trine. But, what's he hiding? Why's he making so many holes? You think the landowner knows what he's up to?"

"Naw, man. Why, look, you can't see them from the road. You gotta come in a ways to notice they're here. What's he making them for? What's he using them for? And, look, they're all about the same width. Whadda you think?"

"Well, you got me. Maybe we'll know if we hide in the ditch and see what he does when he comes here."

"Look, here's a coffee can. I bet you this is what he digs with."

"I think you're right."

The boys had to wait until late the following Monday to discover the reason for the holes. But the word had spread around so that everybody already knew that Don Trine had a bunch of holes in that field. They tried not to let on but the allusions they made to the holes while they were out in the fields during the day were very obvious. Everybody thought there had to be a big explanation. So, the youngsters spied more carefully and astutely.

That afternoon they managed to fool Don Trine and saw what he was doing. They saw, and as they had suspected, Don Trine used the coffee can to dig a hole. Every so often, he would measure with his arm the depth of the hole. When it went up to his elbow, he stuck in his left arm, then filled dirt in around it with his right hand, all the way up to the elbow. Then he stayed like that for some time. He seemed very satisfied and even tried to light a cigarette with one hand. Not being able to, he just let it hang from his lips. Then he dug another hole and repeated the process. The boys could not understand why he did this. That was what puzzled them the most. They had believed that, with finding out what it was he did, they would understand everything. But it didn't turn out that way at all. The boys brought the news to the rest of the folks in the grove and nobody there understood either. In reality, when they found out that the holes didn't have anything to do with money, they thought Don Trine was crazy and even lost interest in the whole matter. But not everybody.

The next day one of the boys who discovered what Don Trine had been up to went by himself to a field. There he went through the same procedure that he had witnessed the day before. What he experienced and what he never forgot was feeling the earth move, feeling the earth grasp his fingers and even caressing them. He also felt the warmth of the earth. He sensed he was inside someone. Then he understood what Don Trine was doing. He was not crazy, he simply liked to feel the earth when it was sleeping.

That's why the boy kept going to the field every afternoon, until one night a hard freeze came on so that he could no longer dig any holes in the ground. The earth was fast asleep. Then he thought of next year, in October at harvest time, when once again he could repeat what Don Trine did. It was like when someone died. You always blamed yourself for not loving him more before he died.

Zoo Island

*J*ose had just turned fifteen when he woke up one day with a great desire of taking a census count, of making a town and making everybody in it do what he said. All this happened because during the night he had dreamed that it was raining and, since they would not be working in the fields the next day, he dreamed about doing various things. But when he awoke, it hadn't rained at all. Anyway, he still had the desire.

The first thing he did when he got up was to count his family and himself—five. "We're five" he thought. Then he went on to the other family that lived with his, his uncle's— "Five more, and that's ten." Next he counted the people living in the chicken coop across the way. "Manuel and his wife and four more—that's six." And, with the ten he already had—"that's sixteen." Then he took into account the coop where Manuel's uncle lived, where there were three families. The first one, Don Jose's family, had seven, so now there were twenty-three. He was about to count the second family, when they told him to get ready to go to the fields.

It was still dark at five-thirty in the morning, and that day they would have to travel some fifty miles to reach the field overgrown with thistle that they had been working on. And as soon as they finished it, they would have to continue searching for more work. It would be way after dark by the time they got back. In the summertime, they could work up to eight o'clock. Then add an hour on the road back, plus the stop at the little store to buy something to eat . . . "We won't get back to the farm till late," he thought. But now he had something to do during the day while they were pulling up thistle. During the day, he could figure out exactly how many there were on that farm in Iowa.

"Here come those sonsabitches."

"Don't say bad words in front of the kids, Pa. They'll go around saying 'em all the time. That'd really be something, then, wouldn't it?"

"I'll bust them in the mouth if I hear them swearing. But here come those Whities. They don't leave a person in peace, do they? Soon as Sunday comes, and they come riding over to see us, to see how we live. They even stop and try to peek inside our chicken coops. You saw last Sunday how that row of cars passed by here. Them all laughing and laughing, and pointing at us. And you think they care about the dust they raise? Hell no. With their windows closed, why, they go on by just as fine as you please. And here we are, just like a bunch of monkeys in that park in San Antonio—Parkenrich."*

"Aw, let 'em be, Pa. They're not doing nothing to us, they're not doing any harm—not even if they was gypsies. Why you get all heated up for?"

"Well, it sets my blood a boiling, that's all. Why don't they mind their own business? I'm going to tell the owner to put a lock on the gate, so when they come they can't drive inside."

"Aw, let it go, it's nothing to make a fuss over."

"It sure is."

"We're almost to the field. Pa, you think we'll find work after we finish here?"

"Sure, son, there's always a lot of work. They don't take

us for a bunch of lazy-bones. You saw how the boss' eyes popped out when I started pulling out all that thistle without any gloves on. Huh, they have to use gloves for everything. So, they're bound to recommend us to the other landowners. You'll see how they'll come and ask us if we want another field to work."

"The first thing I'll do is jot down the names on a list. Then, I'll use a page for each family, and that way I won't lose anybody. And for each bachelor, too, I'll use a page for each one, yeah. I'll also write down everybody's age. I wonder how many men and women there are on this farm, anyway? We're forty-nine field hands, counting the eight and nine-year-olds. Then, there's a bunch of kids, and then there's the two grandmothers that can't work anymore. The best thing to do is to get Jitter and Hank to help me with the counting. They could go to each coop and get the information, then we could gather up all the numbers. Too, it would be a good idea to put a number on each coop. Then, I could paint the number above each door. We could even pick up the mail from the box and distribute it, and that way the folks could even put the number of their coop on the letters they write. Sure, I bet that would make them feel better. Then we could even put up a sign at the farm gate that'll tell the number of people that live here, but . . . what would we call the farm? It doesn't have a name. I gotta think about that."

It rained the next day, and the following day as well. Therefore, Jose had the time and the opportunity to think over his plan. He made his helpers, Jitter and Hank, stick a pencil behind their ear, strap on a wrist watch—which they acquired easily enough—and shine their shoes. They also spent a half day reviewing the questions they would put to each household head and to each bachelor. The folks became aware of what the youngsters were up to and were soon talking about how they were going to be counted.

"These kids are always coming up with something . . . just ideas that pop into their heads or that they learn in school. Now, what for? What're they going to get out of counting us? Why, it's just a game, plain tomfoolery."
"Don't think that, comadre, no, no. These kids nowadays are on the ball, always inquiring about something or other. And you know, I like what they're doing. I like having my name put on a piece of paper, like they say they're gonna do. Tell me, when's anybody ever asked you your name and how many you got in the family and then write it all down on paper. You better believe it! Let them boys be, let 'em be, leastways while the rain keeps us from working."
"Yeah, but, what's it good for? I mean, how come so many questions? And then there's some things a person just doesn't say."
"Well, if you don't want to, don't tell 'em nothin.' But, look, all they want to know is how many of us there are in this grove. But, too, I think they want to feel like we're a whole lot of people. See here, in that little town were we buy our food there're only eighty-three souls, and you know what? They have a church, a dance hall, a filling station, a grocery store and even a little school. Here, we're more than eighty-three, I'll bet, and we don't have any of that. Why, we only have a water pump

and four out-houses, right?"

"Now, you two are going to gather the names and the information. Ya'll go together so there won't be any problems. After each coop, you'll bring me the information right back. Ya'll jot it down on a sheet of paper and bring it to me, then I'll make a note of it in this notebook I got here. Let's start out with my family. You, Hank, ask me questions and jot down everything. Then you give me what you wrote down so that I can make a note of it. Do ya'll understand what we're going to do? Don't be afraid. Just knock on the door and ask. Don't be afraid."

It took them all afternoon to gather and jot down the details, then they compiled all the figures by the light of an oil lamp. Yes, it turned out that there were more fieldhands on the farm than there were people in the town where they bought their food. Actually, there were eighty-six on the farm, but the boys came up with a figure of eighty-seven because two women were expecting and they counted them for three. They gave the exact number to the rest of the folks, explaining the part about the pregnant women. Everyone was pleased to know that the farm settlement was really a town and bigger than the one where they bought their groceries every Saturday.

The third time they boys went over the figures they realized that they had forgotten to go over to Don Simon's shack. They had simply overlooked it because it was on the other side of the grove. When old Don Simon had gotten upset and fought with Stumpy, he asked the owner to take the tractor and drag his coop to the other side of the grove, where no one would bother him. The owner did this right away. There was something in Don Simon's eyes that made people jump. It wasn't just his gaze but also the fact that he hardly ever spoke. So, when he did talk everybody listened up so as not to lose a single word.

It was already late and the boys decided not to go see him until the next day, but the fact of the matter was they were a little afraid just thinking that they would have to go and ask him something. They remembered the to-do in the field when Don Simon got fed up with Stumpy's needling him and chased Stumpy all over the field with his onion knife. Then Stumpy, even though he was much younger, tripped and fell, tangling himself in the tow-sacks. Right then, Don Simon threw himself on Stumpy, slicing at him with his knife. What saved Stumpy were the tow-sacks. Luckily, Stumpy came out of it with only a slight wound in his leg; nonetheless, it did bleed quite a bit. When the owner was told what had happened, he ran Stumpy off. But Don Simon explained that it wasn't much to make a fuss over, so he let Stumpy stay but the owner did move Don Simon's coop to the other side of the grove, just like Don Simon wanted. So, that's why the boys were a little afraid of him. But, like they told themselves, just not riling him, he was good folk. Stumpy had been riling Don Simon for some time about his wife leaving him for somebody else.

"Excuse us, Don Simon, but we're taking up the farm census, and we'd like to ask you a few questions. You don't have to answer them if you don't want to."
"Alright."
"How old are you?"
"Old enough."

"When were you born?"

"When my mother born me."

"Where were you born?"

"In the world."

"Do you have a family?"

"No."

"How come you don't talk much?"

"This is for the census, right?"

"No."

"What for, then? I reckon ya'll think you talk a lot. Well, not only ya'll but all the folks here. What ya'll do most of the time is open your mouth and make noise. Ya'll just like to talk to yourselves, that's all. I do the same, but I do it silently, the rest of you do it out loud."

"Well, Don Simon, I believe that's all. Thanks for your cooperation. You know, we're eighty-eight souls here on this farm. We're plenty, right?"

"Well, you know, I kinda like what ya'll are doing. By counting yourself, you begin everything. That way you know you're not only here but that you're alive. Ya'll know what you oughta call this place?"

"No."

"Zoo Island."**

The following Sunday just about all the people on the farm had their picture taken next to the sign the boys had made on Saturday afternoon and which they had put up at the farm gate. It said: **Zoo Island, Pop. 88 ¹/₂.** One of the women had given birth.

And every morning Jose would no sooner get up than he would go see the sign. He was part of that number, he was in Zoo Island, in Iowa, and like Don Simon said, in the world. He didn't know why, but there was a warm feeling that started in his feet and rose through his body until he felt it in his throat and in all his senses. Then this same feeling made him talk, made him open his mouth. At times it even made him shout. The shouting was something the owner never managed to understand. By the time he arrived sleepy-eyed in the morning, the boy would be shouting. Sometimes he thought about asking him why he shouted, but then he'd get busy with other things and forget all about it.

*Brackenridge Park Zoo.
**Reference to "Monkey Island," Brackenridge Zoo.

Inside the Window

Why the constant dream? That constant dream. It's almost impossible to hear anything with all the crying and screaming of the children.

But how thoughtless of the people upstairs. The fact they're single is no excuse. So many of them. Still, what a pain for them to get drunk and keep the rest of us awake into the morning hours. Don't they realize that there are families here with children? Then the crying and screaming. Also constantly. As the dream. Why do I keep on with the same dream? The smell of urine on the blankets sometimes makes me forget the noise. So does the window that I have at the head of my bed. The window makes me believe that I can see twice, but really I know that what's outside is not double. When the lights are finally out in our room and the only light that enters comes from under the door or from the cracks in the ceiling, the window is distinctly etched. It's a large window. When we first arrived here, we used to place some bed sheets or blankets over it, especially at night, so people outside could not see in. But I guess that began to matter less and less to my father and mother and grandfather. During the day it didn't matter that it had no rags covering it because you couldn't see inside, but at night it was different. It was as if all things had an inward light at night. It was my grandfather who finally said that it didn't really matter to him if people outside could see him at night. There were so many people living in *la casa grande*—eighty-six. Eighty-six souls, no matter how large the house, became more than eighty-six. Surely at night, if you look in, you even forget the window itself. It's a gray square that looks inside. From where I lie to sleep, it looks strange, different sizes at different times. Sometimes I begin to see the face in the window, the face I saw in the mirror the other day when I found it on my shoulders.

"Hurry up Enrique, you're going to be late for school. How can you lie there so late with all these people walking all over you? Hurry up, damn it, get up! Don't you sleep or what? What are you doing there all covered up to your face? Do you like to smell the blankets? Hurry up, you're going to be late. The men, God take care of them, left for work some time ago, and all the gringos passed by here already on the way to school . . . they're always gaping over here, trying to see . . . Hurry up, get up."

Who should I tell? Who should I tell about the face? Since Chuy drowned I've had no one to talk with for a long time.

"Hurry up, get up . . ."

But why did he drown? He's singing his song now. *Yo no traigo pistola ni cuchillo, sólo traigo muy grande el corazón, arriba el norte, que aquí les traigo todita la razón.* He really liked to sing. After school we would look for each other and then we would race through the hilly cemetery and run around the trees. Once in a while we would sit down to rest. As we rested, Chuy would begin to scream-sing, like the mariachis, and then . . . he's singing now: *Yo soy de León, Guanajuato, no vengo a pedir favores, yo no le temo a la muerte, tengo fama de bravero.* Hey stop it now Chuy! Don't you get tired? You don't get tired, do you? I know you like to sing a lot but, when I see you like that, singing the way you sing, you seem to become another person, you no longer pay attention to anything. Do you still climb trees and hang there and sing? What's the matter, godamnit? You haven't done it since those gringos caught you up in the tree singing and they stoned the shit out of you. And I couldn't help you. Remember, they tied me up to the same tree. We'll get even with them bastards. We'll see them again, Chuy, don't worry. They take care of the dump yards. They live out there on the outskirts of town. We'll run across them again and we'll be ready. Maybe we should go to the dump and look for them. One day we'll jump on them when they least expect it. It will be our turn. Our turn will come. Stop it, Chuy! Stop singing! You're dead! I can't forget Chuy's eyes, the rest of him, yes. His eyes, no. The roundness. Gray windows, green, black.

I ran all the way from the swimming pool to *la casa grande*. The screaming ambulance passed me in the opposite direction, it seemed to be going so far away in all its agony and speed. It seems that it was then that I began that constant dream.

"Hurry up, get up, you're going to be late."

I ran through the pages of books. Someone was turning

the pages. Everything was pictured so clearly. When I passed people, I noticed they were flat, like a leaf, two dimensional. As I approached *la casa grande*, I saw the women sitting on the porch arise in unison, and as I got closer the faces began to twist out of shape. One of them screamed. It was Chuy's mother. I couldn't even speak to her, no matter how hard I tried, but she understood my face.

"Hurry up, get up . . ."

Chuy looks very pale, so pale in the coffin. They take all the blood out of your body and put in some other stuff. But we begged you so much to be careful. Why weren't you careful? What happened? We were feeling good. About everything. Real good. We ran across the guys that stoned us and beat the hell out of them. Later, they were in the swimming pool also, but they didn't come near us. They seemed scared. I told Chuy not to bother them anymore, we had already gotten even. But he wouldn't stop, he kept bothering them. He took a tire tube away from them, and then he jumped into deep water. I didn't see him again until they brought him out and a bunch of people gathered around him.

"Aren't you going to get up today?"

Wake up Chuy, stop playing, you son-of-a-bitch. Stop acting! Open your eyes, damn it! Get up, hurry up! It's getting late. Hurry up, man! Can't you hear me? We're going to get it at home, if we get home late. Stop acting, man! It's getting late. Why in the hell did you jump into the deep end? Chuy is singing again: *Yo no traigo pistola ni cuchillo, sólo traigo muy grande el corazón, arriba el norte . . .* Hurry up, get up, open your eyes, don't be . . . For some time now, in the morning, after I get up, the first thing I do is look out the window. I think maybe I'll find him there, outside, on the outside of the glass. Or perhaps I'll find him in the bathroom, inside the mirror, where he and I used to comb our hair before going to the movies on Saturdays. As in the dream. I didn't expect him that morning and since then he has been there on my shoulders. Unforgettable morning. The night before I had dreamed so much. I awoke exhausted from talking and walking such long distances in search of water. I felt very strange as I got up, something bothered me. I kept hearing myself speak, clearly and with fine and delicate sounds. Later in the bathroom after I changed my clothing and I began to comb my hair, something continued to bother me. I thought for a moment that I was wearing something out of place. I looked at my shoes, pants, my shirt, and then I looked at my face in the mirror, and I sensed something out of place, something didn't fit. I began to concentrate on my eyes and got closer to the mirror, almost touched it. Then I found out something, and my world became soundless. The face in the mirror was Chuy's. Everything was me, except the face. The face was Chuy's.

"Get up! How many times do you want me to tell you to get up?"

Stop smiling, Chuy. You're dead. *Yo no traigo pistola ni cuchillo, sólo traigo muy grande el corazón, arriba el norte, a ver quién pega un grito* . . . The smell of urine in the blankets sometimes makes me forget the shrill screaming and the crying of the children. Sometimes the window at the head of my bed helps if I begin to imagine myself looking out through the monotonous glass. The window. A gray square looking inside me, like Chuy's eyes—gray, green, black . . . there on the face in the mirror. Constantly.

Looking for Borges

"Why do I feel this way?"
"Because when you are everything, you are nothing. You don't believe me? Ask Borges. You'll find him in the library under every word, still trying at such an old age to decipher the whole apple or is it pear that *Life* showed the earth to be like? His own words and maps and globes and again more words."

For sure. To be sure, to be sure, I found him. I was told that he would be humorous, labyrinthine, dark, that he would give me his darkness, that he would tell me where to look and how to look—didn't say find—to look, to search. I found him deliriously sad, almost as if he had found some truth. Read every word he said, every word in every library, in this library, then go on to the next and the next. He had worked himself through all those words all the way from Argentina. He showed me on the map. Not the one on the wall, not the one under his armpit, but the one he has in his eyes. And I believed him and I began to read and I did so because he told me it was my turn.

"I am a word. And as I read I become more word."
"You look rather pale."
"How could that be?"

"Well, how long have you been here?"

"Since I began."

"When was that?"

"Who knows?"

"Somebody must."

"That's why I read."

"But that won't tell you anything. It would have told you something long ago. Because it's been told."

"You're right."

"You look rather pale. Do you feel sick?"

"A bit of nausea. Got an upside down *w* in my stomach."

"What will you do now?"

"I don't know. I'm tired of reading and looking at maps. Old or new they're all the same. The same guy, century after century after century. But I keep thinking I'll find Borges again. He did say it was my turn."

"Did he stop looking?"

"No. He never stops, he's way ahead of me, I know."

"You won't find him again then."

"Borges found something once underneath a word."

"What was that?"

"Something I said, I've dreamed about it many times."

"About what he found?"

"No, well, yes, about the whole thing."

"What whole thing?"

"The words."

"What was that?"

"The library, where I first saw him. Every word was looking at him when he spoke to me."

"What did he say?"

"That it was my turn."

"You look sick, more than a year ago."

"I do feel more nauseous. Must have worms in my stomach. See how big it is? Full of worms probably. Last night I had the nightmare again."

"What was it?"

"I don't have many, really, just the same ones. This is really the second one. The first one lasted many years. I was always falling over a hill into a bigger hill of nothing. Always that damn hill."

"What's the new one, what happens?"

"I'll tell it to you in the past tense because it's in the future."

I was in a library where everyone looked at me. Where everyone talked of me. Where everyone pointed at me. I didn't mind because I was looking for Borges. Everyone seemed to know what I was doing, or so it appeared. Every minute they expected me to tell them something, to reveal something to them. Then they began to encircle me but I could only tell them that I was looking for Borges. They brought me more and more books. Every second they expected me to tell them something. I asked them to help look but they only said it was my turn. What bothered me most was the hope they had. As if I were about to reveal something to them. As if I were supposed to know and tell. Some even tugged at the map I had under my arm. I recall staying there for years, the people almost immobile, looking at me, following my every move with their eyes when I would lift my head from the books. The books there, the books they brought. And then I got sick and felt as if I were about to throw up. It was embarrassing, very embarrassing because they looked hurt. I covered my mouth but it was too late. I covered my mouth with both hands and began to run out of the library.

But everyone followed, I tried to push the puke in. My cheeks kept bulging until I could hold it no longer. I let myself go for several hours and among all the letters which I vomited in neat piles I believe I saw a certain word or perhaps it was just a combination of letters. From a distance I saw them turning over the piles with long sticks, with a look of hope on their faces which at times seemed idiotic.

Bibliografía y notas

Las salamandras

Mester 5.1 (University of California, Los Angeles, 1974): 25–26; reimpreso en : *Caracol* 1.6 (febrero de 1975): 14–16, publicación bilingüe con los títulos de "Salamandra"/"Salamander"; *Kaleidoscopia* 3 (Universidad de las Américas, verano de 1975); *El Cuento: Revista de la Imaginación* 70 (México, julio-diciembre de 1975): 379–81; *Festival de Flor y Canto I: An Anthology of Chicano Literature*, Alurista, et al., Eds. (Los Angeles: University of Southern California): 22–23.

[1]En *Mester* y en los reimpresos no hay ruptura del párrafo; división del editor.

[2]*Mester* y reimpresos: "echaron"

[3]"húngaros"—gitanos.

[4]*Mester*: "El dinero ya casi se nos había acabado y nos fuimos al oscurecer . . ."

[5]Aparte del editor; véase n. 1.

[6]*Flor y Canto*: "Sentados todos en el carro a la orilla del camino. Hablamos un poco."

[7]*Flor y Canto*: "Estábamos cansados. Estábamos solos. Solos. Solos Estábamos.

[8]Véase n. 1.

[9]En *Mester* y reimpresos: ". . . a mi gente, pero esa madrugada . . ."; puntuación del editor.

[10]". . . a mi gente dormida y esa madrugada . . ."; puntuación del editor.

[11]*Mester*, *El Cuento*: "abajara" (voz popular, prótesis de la *a*). Todos coinciden en el uso de "bajara" al fin del mismo párrafo.

[12]Este renglón y el anterior ("Nos enseñó los acres . . .") se omiten en *Caracol*.

[13]*Flor y Canto*: ". . . al pie del fil . . ."; aparte del editor, véase n. 1.

[14]Se omite este renglón en *Flor y Canto*.

[15]". . . en las colchas, al ver fuera de la carpa . . ."; puntuación de editor.

El Pete Fonseca

Primera publicación en inglés: "On the Road to Texas: Pete Fonseca," *Aztlan: An Anthology of Mexican American Literature*, Luis Valdez and Stan Steiner, Eds. (New York: Alfred A. Knopf, 1972): 146–54; reimpreso en: *Voices of Aztlan: Chicano Literature of Today*, Dorothy E. Harth and Lewis M. Baldwin, Eds. (New York: New American Library, 1974): 52–58; reimpreso en español como "El Pete Fonseca" en: *Revista Chicano-Riqueña* 2.1 (1974): 15–22, y en *A Decade of Hispanic Literature: An Anniversary Anthology, Revista Chicano-Riqueña* 10.1-2 (1982): 251–57.

[1]*RCR*: "renegando."

[2]Caló: "chale"—no, quieto, "nel"—no, "simón"—sí.

[3]"recargue"-engreído.

[4]"Spam"—marca de jamón enlatado.

[5]"trailer"—remolque, caravana.

[6]Suplo "de la trailer" para completar el sentido.

[7]Austin (Texas).

[8]Caló: "ranfla"—carro; "mono"—cine; "dompe"—basurero.

[9]*RCR*: "Les dieron el paso ya"; mss. "El Pete Fonseca" y "Mario Fonseca" (véase la nota 14): "Les dieron el pase ya"; (cf. "el pase", en "Eva y Daniel").

[10]Mason City (Iowa).

[11]*RCR*: "la chata"; *Aztlan*: "the cops". Es evidente la errata: "la chota [la policía] > "la chata". Los mss. "El Pete Fonseca" y "Mario Fonseca" (véase la nota 14) tienen: "andaba diciendo que *los empleados* le habían quitado todo el dinero y el carro" (énfasis mío). El ms. autógrafo, "El Pete Fonseca", tiene "los empleados" con tachadura y enmienda de "la chota". El manuscrito mecanografiado que Rivera entregó para este número de *RCR* no se encuentra en los archivos de la editorial. Para esta edición pongo "la Chata", con mayúscula.

[12]Albert Lea (Minnesota).

[13]"ronchita"—dinerito, ganancia.

[14]*Aztlan*: "[19]48". En los Archivos de Tomás Rivera existen seis manuscritos autógrafos y mecanógrafos de este cuento. Dos mss. son fotocopias de un mismo original mecanografiado, el cual no se encuentra entre los documentos de los archivos. Las fotocopias reproducen las tachaduras y enmiendas al original. Por lo que atañe a las fechas de "[19]'58/ [19]'48", las dos fotocopias reproducen idénticamente la fecha de "'48", su tachadura y el sobrescrito de "'58". Parece que estas fotoco-

pias, a su vez, fueron enmendadas y luego fotocopiadas de nuevo, ya que las dos también presentan distintas tachaduras y enmiendas. Uno de estos mss. lleva el título de "El Pete Fonseca", título escrito a mano, y el otro lleva el de "Mario Fonseca", escrito a máquina. En ambos casos, parece que el título fue agregado a la versión fotocopiada. En cuanto al ms. "Mario Fonseca", todo caso del nombre de "Pete" ha sido tachado y enmendado a mano con "Mario". Hay tres mss. autógrafos, dos en español y uno en inglés, todos con el título de "El Pete Fonseca". De los mss. en español, uno tiene la fecha de "'58", y el otro el de "'48", con tachadura y enmienda de "'58". Aquel ms. parece ser anterior a éste, ya que el segundo es una versión ampliada y enmendada de la primera. El autógrafo en inglés tiene la fecha de "'48". El último ms., mecanografiado, tiene el título de "El Pete Fonseca", pero en el texto aparece el nombre de "Mario" con tachadura y enmienda de "Pete". Este ms. tiene una conclusion más breve que los otros y no indica fecha alguna. Desde el punto de vista biográfico, el año de [19]48 sería el apropiado por corresponder así a la adolescencia de Rivera, nacido en 1935. En una entrevista [*Salvador Rodríguez del Pino with Tomás Rivera*. Video recording. Santa Barbara: University of California, Television Services, 1977], Rivera declara que el protagonista de . . . *y no se lo tragó la tierra* tiene trece años. Recordemos que "El Pete Fonseca" formaba parte de la versión original de *tierra*. Para 1958 Rivera ha dejado el trabajo migratorio; véase la nota 17 a la introducción. La conclusión de la primera publicación en inglés (*Aztlan*), es más breve, faltando toda la parte que corresponde y que comienza con "El Pete, recuerdo que llegó como la cosa mala . . ."

Eva y Daniel

Publicación bilingüe, "Eva y Daniel"/"Eve and Daniel", en *El Grito* 5.3 (1972): 18–25; reimpreso sólo en español en: *Mosaico de la vida*, Francisco Jiménez, Ed. (New York: Harcourt Brace Jovanavich, Inc., 1981): 66–70; *Nuevos Horizontes*, José B. Fernández and Nasario García, Eds. (Lexington, MA.: D.C. Heath and Company, 1982): 22–26; reimpreso en inglés en: *English in Texas* 10.2 (1978): 38–39.

[1]Análisis de la sangre.
[2]*El Grito* y en reimpresos: "Pero es que no porque pasa uno el examen se lo llevan".

Zoo Island

¹*son-of-a-bitches*—hijos de puta.

²"parquenrich": parque zoológico de San Antonio: Brackenridge Park Zoo.

³Caló: "maderistas"—jactanciosos.

⁴"güerquitos" (huerquitos)—niños.

⁵"la Jenca", el hermano de Tomás Rivera: Henry > Hank > Jenca; "la Chira", amigo de Tomás Rivera y de Henry: Jitter[bug] > Chira. La Chira pereció en Corea. El editor le agradece a Rolando Hinojosa esta información.

⁶El término "rancho" tiene tres significados en el español de los Estados Unidos: (1) rancho de ganado; (2) finca agrícola: "farm"; (3) un pequeño poblado: "settlement". En todos los cuentos, y también en los episodios de . . . *y no se lo tragó la tierra*, se emplea "rancho" en el sentido de "finca"; claro está, que en este cuento también se emplea como "poblado".

⁷*Colmarle el plato a uno*—fastidiar, molestar demasiado.

⁸"Zoo Island", alusión a una antigua cantera rodeada de una fosa, la cual habitan una cantidad de monos. Esta parte del Brackenridge Park Zoo es el famoso "Monkey Island".

⁹El ms. tiene 89 $^1/_2$ (pero: 86 + los niños no nacidos @ $^1/_2$ = 87 + Don Simón + el niño recién nacido, supliendo la otra mitad: $^1/_2$ = 88 $^1/_2$).

La cara en el espejo

Flor y Canto II: An Anthology of Chicano Literature, Arnold C. Vento, Alurista, José Flores Peregrino, Eds. (Albuquerque: Pajarito Publications, 1979; publicación tardía de "Festival Flor y Canto II", Austin, Texas, marzo de 1975); reimpreso en inglés, "Inside the Window", en *Caracol* 3.2 (agosto de 1977): 17–18.

¹*Flor y Canto*: "el abuelo". La publicación en inglés tiene "my grandfather" que he utilizado aquí como "mi güelito", siguiendo la pauta establecida dos renglones arriba.

²"Arriba el norte", letra y música de Felipe Bermejo, *Cancionero mexicano: Canciones mexicanas y canciones que han tenido gran popularidad en México.* I (México, D.F.: Libro-Mex Editores, S. de R. L., 1980): 115.

³*Flor y Canto*: "del bravero". Aquí se confunden los versos de "El Bravero", de Víctor Cordero Beltrán:

> Abranla que ahí va el machete
> y de escudo mi sombrero;
> *yo no temo a la muerte,*
> *tengo fama de bravero*
>
> *Yo soy de León, Guanajuato;*
> *no vengo a pedir favores,*
> y ando tomando hace rato
> junto con mis valedores.

Los mejores corridos mexicanos (México, D.F.: El Libro Español, 1972): 147.

⁴*Flor y Canto*: ". . . tan lejos que se me hace, de donde yo venía."

⁵*Flor y Canto*: ". . . en toda la torre, luego, después . . ."

⁶*Flor y Canto*: "la cara era Chuy".

En busca de Borges

Publicado primero en inglés, "Looking for Borges", en: *Revista Chicano-Riqueña* 1.1 (1973): 2–3; reimpreso en español, "En busca de Borges", en *Caracol* 1.10 (junio de 1975): 14–15; *Kaleidoscopia* 3 (México: Universidad de las Américas, verano de 1975).

¹La versión española agrega a la conclusión: "con una cara de esperanza que a veces me parecía imbécil".